주홍색 연구

부클래식

018

주홍색 연구

아서 코난 도일

강의선 옮김

부북스

차례

제1부

전(前) 육군 군의관 존 H. 왓슨의 회고록을 그대로 옮김

제1장
Mr. 셜록 홈즈

1878년, 나는 런던 대학교에서 의사 학위를 취득하고, 규정된 육군 군의관 과정을 밟기 위해 네틀리로 갔다. 그곳에서 수업을 모두 마친 나는, 곧장 부군의관으로서 노섬벌랜드[1] 제5 보병 연대에 배속되었다. 그 당시 연대는 인도에 주둔하고 있었는데, 그곳으로 내가 합류하기도 전에 2차 아프간 전쟁[2]이 일어나고 말았다. 봄베이에 상륙하자, 나는 부대가 산악지대를 넘어 전진해 이미 적진 깊은 곳에 있다는 것을 알게 되었다. 하지만, 같은 처지의 다른 여러 장교들과 함께 그 뒤를 따라 칸다하르까지 무사히 갈 수 있었고, 그곳에서 내가 소속한 연대를 찾아서 즉시 새로운 임무를 시작할 수 있었다.

전쟁은 많은 이들에게 영예와 승진을 가져다주었지만, 나에게는 불행과 재난일 뿐이었다. 나는 내 부대에서 나와 버크셔 연대에 배

---

1 Northumberland : 영국 잉글랜드 북동부에 위치한 주.

2 아프간 전쟁 : 아프간-영국 전쟁. 영국과 아프가니스탄은 세 차례에 걸쳐 전쟁을 벌였다. 19세기에 영국은 러시아와 중앙 아시아의 패권을 다투게 되는데 이 과정에서 러시아의 남하를 저지하려고 아프가니스탄을 침공한다. 1차 전쟁은 1839-1842년에 일어났고, 영국이 패함. 2차 전쟁에서는 영국이 승리.

속되었고, 그 부대의 일원으로 숙명적인 마이완드 전투³에 참여하게 되었다. 그곳에서 나는 어깨에 제자일⁴ 탄환을 맞았는데, 그 탄환은 내 뼈를 부수고 쇄골하부 동맥을 스치고 지나갔다. 나의 당번병이었던 머레이가 헌신적이고도 용감한 행동을 보여주지 않았더라면, 나는 잔학한 이슬람 전사의 손아귀에 떨어지고 말았을 것이다. 그는 짐 싣는 말에 나를 가로로 걸쳐서 태우고 영국군 지역까지 무사히 데려다 주었다.

그때 입은 부상으로 인해 오랫동안 고통과 통증에 시달린 나는 야위고 쇠약해졌고, 길게 늘어선 부상병들과 함께 페샤와르에 있는 기지 병원으로 이송되었다. 그곳에서 건강을 회복해, 병실을 걸어 다니고 베란다로 나가 조금씩 햇볕을 쬘 수 있는 정도까지 되었을 즈음, 인도 식민지의 저주라고 불리는 장티푸스에 걸리고 말았다. 몇 달 동안 내 생명은 경각에 달려 있다가 마침내 의식을 찾고 회복하게 되었지만, 너무도 심하게 야위고 쇠약해졌기에 하루도 지체하지 말고 영국으로 돌려보내라는 의무국의 결정이 내려졌다. 그래서 나는 급히 수송선 〈오론테스〉에 오르게 되었고, 한 달 뒤에는 포츠머스 부두에 도착했다. 내 건강은 돌이킬 수 없을 만큼 망가져 있었지만, 그래도 온정적인 정부의 선처로 앞으로 9개월 동안은 요양을 하며 보낼 수 있었다.

---

3 마이완드 전투 : 1880년 7월 27일에 마이완드에서 벌어진 전투로 영국군의 패배로 끝났다.

4 jezail : 아프간-영국 전쟁 때 아프간이 사용했던 총. 영국군이 가지고 있던 브라운 베스 총의 사정거리가 150야드 정도인데 비해, 제자일은 500야드의 사거리를 지녔다.

영국 땅에 일가친척이라곤 하나도 없었기에 나는 공기처럼 자유로웠다. 아니, 한 인간으로서 하루에 11실링 6펜스의 소득이 허락하는 만큼만 자유로웠다. 그러한 상황에서 내가 대영제국의 모든 놈팡이, 게으름뱅이들이 흘러 들어올 수밖에 없는 거대한 시궁창 같은 도시, 런던으로 이끌린 것은 자연스러운 일이었다. 그곳에서 나는 한동안 스트랜드에 있는 고급 호텔에 머물며, 아무런 낙도 없고 의미도 없는 생활을 하면서 내가 쓸 수 있는 것보다 훨씬 많은 돈을 탕진하며 지냈다. 그 결과, 내 재정 상태로는 대도시를 떠나 어느 시골로 가서 살든가, 아니면 생활 방식을 완전히 바꿔야한다는 것을 깨달았다. 후자를 선택한 나는, 호텔을 떠나 좀 더 검소하고 비용이 적게 드는 숙소에 거처를 마련하기로 결심했다.

바로 그 결심을 했던 날, 크라이테리온 바 앞에 서 있는데 누군가가 내 어깨를 두드려서 돌아보니, 성 바르톨로뮤[5] 병원에 있을 때 외과수술 조수로 있었던 스탬포드 청년이었다. 황량한 대도시 런던에서 아는 얼굴을 만난다는 것은 외로이 지내는 사람에겐 정말 기쁜 일이었다. 나는 예전에 스탬포드와 그리 친한 사이는 아니었지만 지금은 감격해서 환호성을 질렀고, 그 역시 나를 만나서 기쁜 것 같았다. 너무도 기쁜 마음에 나는 홀본으로 가서 점심을 같이하자고 했고, 우리는 함께 이륜마차에 올랐다.

"왓슨 선생님, 대체 어떻게 지내시는 겁니까?"

복잡한 런던 거리를 덜컹거리며 달려가는 동안, 그가 놀라움을

---

5 영국 런던에 있는 병원으로 Bart's라고 줄여서 부르기도 한다. St. Bartholomew's Hospital.

감추지도 않은 채 물었다.

"나뭇가지처럼 빼빼 마른데다, 호두처럼 갈색이 되셨군요."

나는 간략하게 내가 겪은 일을 이야기해주었는데, 목적지에 도착할 때까지도 그 이야기를 끝낼 수 없었다.

"지독히도 고생하셨군요!"

내가 겪은 불운에 대해 듣고 난 뒤, 그는 동정어린 마음을 담아 이야기했다.

"이제는 뭘 하실 겁니까?"

"하숙집을 찾아봐야지."

내가 대답했다.

"적당한 비용으로 편안한 집을 구하는 것이 가능한가 하는 문제를 풀어보려고 하네."

"그것 참 이상한 일인데요."

스탬포드가 말했다.

"오늘 저에게 그런 말을 한 사람은 선생님이 두 번째이거든요."

"처음 얘기한 사람이 누군데?"

"병원 화학 실험실에 있는 동료인데요. 아주 괜찮은 방을 찾았는데 가진 돈에 비해선 너무 비싸고, 그렇다고 절반씩 같이 나눠서 살 만한 사람도 없다며 오늘 아침에 한탄하고 있더군요."

"잘 됐군!"

내가 큰소리로 말했다.

"그 친구가 방을 같이 쓰고 비용을 나눌 사람을 찾고 있다면 내가 바로 적격일세. 나는 혼자 지내는 것보다 같이 사는 사람이 있는 편이 좋거든."

스탬포드 청년은 와인글라스 너머로 좀 이상하다는 듯이 나를 쳐다보았다.

"선생님은 셜록 홈즈를 아직 모르시지요."

그가 말했다.

"어쩌면 늘 함께 지내는 동료로서는 좋아하지 않을 수도 있습니다."

"왜? 그 사람한테 나쁜 점이 있나?"

"아, 그 사람이 나쁘다는 건 아닙니다. 생각하는 것이 좀 색다른 면이 있는데, 여러 분야의 과학에 아주 열성적이에요. 제가 아는 바로는 호감이 가는 좋은 사람입니다."

"의대생이겠지, 아마?"

"아닙니다. 무엇을 전공하려는 건지 모르겠어요. 해부학에 정통하고, 화학자로는 최고입니다. 그런데 제가 아는 한, 체계적인 의학 수업은 받은 적이 전혀 없어요. 그가 하는 연구는 일관성도 없고 괴상한 것들인데, 희한한 지식을 엄청나게 지니고 있어서, 교수들을 깜짝 놀라게 합니다."

"무엇을 전공하는지 한 번도 물어본 적이 없나?"

내가 물었다.

"없어요. 그렇게 쉽게 말하는 사람이 아니에요. 하긴 좋아하는 것에 열중했을 때는 수다스럽기도 합니다만."

"그 사람을 만나보고 싶군."

내가 말했다.

"누군가와 같이 하숙을 해야 한다면 학구적이고 조용한 생활습관을 가진 사람이 좋으니까 말이야. 나는 심한 소음이나 자극을 견딜 만큼 건강하지 못하다네. 그런 건 아프가니스탄에서 내 남은 인생의 몫까지 충분히 겪었어. 그 친구를 어떻게 하면 만날 수 있나?"

"틀림없이 실험실에 있을 겁니다."

스탬포드가 대답했다.

"몇 주 동안 실험실에 나타나지도 않거나, 아침부터 밤까지 연구하고 있거나 둘 중의 하나이니까요. 괜찮으시다면 점심 식사 후에 마차를 타고 가보시지요."

"물론 좋지."

나는 그렇게 대답했고, 대화는 다른 주제로 흘러갔다.

홀본을 떠나 병원으로 가는 길에, 스탬포드는 내가 하숙을 같이 하자고 제안한 신사에 대해 좀 더 상세한 이야기를 해주었다.

"그 사람과 잘 맞지 않더라도 저를 원망하시면 안 됩니다."

그가 말했다.

"실험실에서 가끔 만나서 알게 된 것 이상으로 그에 대해 더 아는 게 없으니까요. 이건 선생님이 제안하신 일이니 저한테 책임을 물어서는 안 됩니다."

"잘 맞지 않는다면 간단히 헤어지면 되는 거지."

내가 대답했다.

"스탬포드, 내가 보기에는,"

나는 스탬포드를 힘주어 쳐다보며 덧붙였다.

"자네가 이 일에서 빠져나가려고 하는 데에는 무슨 이유가 있을 듯하네. 그 친구 성격이 만만치 않은 건가? 아니면 뭐지? 좋게만 얘기하지 말고 솔직히 말해 보게."

"설명할 수 없는 걸 설명하라고 하시니 쉽지가 않은 걸요."

그는 웃으며 말했다.

"홈즈는 제가 보기에, 좀 지나칠 정도로 과학에 빠져있는 사람입니다. 냉혈한에 가깝지요. 그는 최근 발견된 식물성 알칼로이드[6] 소량 정도는 친구에게 투여할 겁니다, 악의가 있어서가 아니라 그저 반응을 정확히 알기 위한 탐구 정신 때문이지요. 사실, 자기 자신에게도 기꺼이 투여할 사람이라고 생각합니다. 정확하고 엄밀한 지식을 찾고자 하는 열정을 가지고 있는 것 같아요."

"그것도 아주 좋은 점인걸."

"그렇죠. 하지만 그게 좀 지나칩니다. 해부실에서 막대기로 해부용 시체를 때리기까지 하는 지경에 이르면, 정말 괴기스런 광경이 아닐 수 없어요."

"시체를 때린다고?"

"네. 죽은 후에 멍이 어느 정도까지 크게 생기는지를 확인한다는 군요. 제가 이 두 눈으로 직접 봤습니다."

"그런데도 여전히 의대학생이 아니라는 건가?"

"네. 그 사람이 연구하는 목적이 뭔지는 하늘만이 알 겁니다. 그

---

6 alkaloid : 알칼로이드는 동식물에서 추출되는 화합물로서, 질소 원자를 가지고 고리를 형성하고 있는 화합물을 말한다. 식물계에 널리 분포하며 동물에게 매우 특이하면서 강한 생리작용을 나타낸다. 현재 250종 이상이 알려져 있다. 여러 의약품으로도 많이 개발되었는데, 대표적으로 모르핀(진통제), 코카인(국소 마취제), 코데인(기침약) 등이 있다.

나저나 다 왔네요. 직접 그를 만나서 확인하시지요."

그가 말하는 동안, 우리는 좁은 골목길로 접어들었고 커다란 병원의 한 건물로 통하는 작은 옆문으로 들어갔다. 나에게는 익숙한 곳이었기에 황량한 돌계단을 올라가 흰 도료를 칠한 벽과 암갈색 문이 길게 이어지는 복도를 따라 걸어가기까지 아무런 안내가 필요없었다. 복도 끝 가까이에 이르자 천정이 낮은 아치형 통로가 나타났고, 그 길은 화학 실험실로 이어졌다.

그곳은 천장이 높은 방으로, 수없이 많은 유리병이 가지런하게 서 있기도 했고 어지럽게 흩어져 있기도 했다. 여기저기에 낮고 넓은 탁자가 놓여있었는데, 그 위에는 증류기, 시험관, 파란 불꽃이 타오르는 소형 분젠 램프[7] 등이 가득 차있었다. 방 안에는 단 한 명의 연구생이 멀리 떨어진 탁자에서 몸을 숙인 채 실험에 몰두하고 있었다. 우리가 낸 발소리에 그는 흘긋 쳐다보더니 허리를 펴면서 기쁨의 환호성을 내질렀다.

"발견했네! 내가 발견했어!"

그는 시험관을 손에 든 채로 스탬포드를 향해 소리치며 달려왔다.

"헤모글로빈에 반응해서 침전하는 시약을 발견했네. 다른 것과는 전혀 반응하지 않아."

금광을 발견했다 하더라도 그보다 더 기쁜 표정은 아니었을 것이다.

---

7 석탄 가스를 태워 높은 열을 얻는 장치. 독일 과학자 로베르트 분젠(Robert W. Bunsen)이 발명.

"왓슨 선생님, 이쪽이 셜록 홈즈 씨입니다."

스탬포드는 우리를 서로 소개시켜 주었다.

"안녕하십니까?"

그는 친절하게 말하며 내 손을 잡았는데, 믿을 수 없을 정도로 손힘이 강했기에 말투와는 다른 사람이라는 생각이 들었다.

"아프가니스탄에 다녀오신 것 같군요."

"아니, 그걸 대체 어떻게 아셨습니까?"

나는 놀라서 물었다.

"신경 쓰실 것 없습니다."

그는 혼자서 낄낄 웃으며 말했다.

"지금 문제는 헤모글로빈이니까요. 제 발견이 중대한 사건이라는 것을 아시겠지요?"

"분명 화학적으로는 흥미로운 것입니다만,"

내가 대답했다.

"그런데 실용적으로는,"

"아니, 이보십시오. 이건 최근 몇 년 동안 가장 실용적인 법의학적 발견입니다. 이걸로 핏자국에 대해 정확한 실험을 할 수 있다는 걸 모르십니까? 당장 이쪽으로 와보십시오."

그는 참지 못하고 내 코트 소매를 쥐더니, 자신이 일하고 있던 탁자 앞으로 나를 이끌었다.

"새로운 피가 좀 있어야겠군요."

그는 이렇게 말하며 기다란 송곳 바늘로 자신의 손가락을 찌른 후 나온 핏방울을 화학실험용 피펫[8]에 떨어뜨렸다.

"이제 이 소량의 피를 물 1리터 안에 넣겠습니다. 혼합한 결과를 보면 순수한 물과 다름이 없다는 걸 아실 겁니다. 혼합 비율은 백만분의 일도 되지 않지요. 그렇지만 분명히 특별한 반응이 나타날 겁니다."

그는 말을 하면서, 용기에 흰색 결정 몇 개를 떨어뜨렸고 투명한 용액을 몇 방울 더 추가했다. 순식간에 내용물은 흐릿한 마호가니 색[9]을 띠었고, 갈색 찌꺼기가 유리 그릇 바닥에 가라앉았다.

"하! 하!"

그는 새로운 장난감을 가지고 기뻐하는 어린 아이처럼 박수 치며 소리쳤다.

"어떻습니까?"

"매우 정밀한 검사인 것 같군요."

내가 말했다.

"훌륭합니다! 훌륭하지요! 구식 과이어컴 시험법[10]은 아주 조잡하고 불확실합니다. 적혈구를 찾아내는 현미경 검사도 마찬가지이지요. 몇 시간 지난 핏자국이라면 현미경 검사는 소용이 없어요. 그런데 이 검사법은 피가 오래 된 것이든 새 것이든 상관없이 반응합니

---

8 소량의 액체를 계량하거나 이동하는 데 쓰이는 눈금이 있는 관.

9 적갈색.

10 Guaiacum test : 유창목 수지를 이용하는 혈액시험방법. 검사하고자 하는 대상의 수용액에 이 과이어컴 수지를 가하고 과산화수소를 가할 때 혈액이 함유되어 있으면 청색이 나타난다.

다. 이 검사법이 예전에 발명되었더라면, 지금 이 지상 위를 걸어 다니는 수백 명의 범죄자들이 오래전에 죗값을 받았을 겁니다."

"정말 그렇군요!"

나는 낮은 목소리로 말했다.

"범죄사건 수사는 언제나 이 한 가지 문제에 달려있지요. 의심이 가는 용의자가 있는데, 사건이 발생한지 몇 달이 지났다고 합시다. 그의 침대시트와 옷을 살펴본 결과 갈색 얼룩을 발견했습니다. 그것이 핏자국일까요, 아니면 진흙이나, 녹, 과일이 묻은 얼룩일까요? 이것이 많은 범죄 전문가를 곤혹스럽게 만든 문제입니다. 왜냐고요? 믿을 만한 검사법이 없었기 때문이지요. 하지만 이제 셜록 홈즈 검사법이 있으니, 더 이상 그런 어려움은 없을 겁니다."

얘기를 하는 동안 그의 눈은 환하게 빛났고 많은 관중의 갈채를 받는 것을 상상하는 듯, 한 손을 가슴에 올린 채 절을 했다.

"축하받을 만합니다."

나는 그의 열광적인 모습에 적지 않게 놀라며 말을 했다.

"작년, 프랑크푸르트에서 폰 비쇼프 사건이 일어났습니다. 그때 이 검사법이 있었다면 틀림없이 그는 교수형에 처해졌을 겁니다. 그리고 브래드퍼드[11]의 메이슨, 저 악명 높은 멀러, 몽펠리에[12]의 르페브르, 뉴올리언스[13]의 샘슨도 있습니다. 이 검사법으로 확증할 수 있는 사건을 스무 개는 알려드릴 수 있지요."

---

11 Bradford : 영국 잉글랜드 웨스트요크 카운티에 있는 도시

12 Montpellier : 프랑스의 도시. 마르세유 북서쪽에 위치한다.

13 New Orleans : 미국 루이지애나 주에 있는 도시.

"홈즈 씨는 걸어 다니는 범죄 연감입니다."

스탬포드가 웃으며 말했다.

"그런 방면의 신문을 발행하면 좋겠군요.《과거 경찰사건 신문》이라고 이름 붙입시다."

"발행하기만 한다면야, 아주 흥미로운 읽을거리가 되겠지."

셜록 홈즈는 이렇게 말하며 작은 반창고 하나를 손가락의 찌른 상처에 붙였다.

"조심해야하지요."

그는 나를 돌아보고 웃으며 말을 이었다.

"수많은 독성물질에 손을 대거든요."

그는 이야기하며 손을 내밀었는데, 비슷한 모양의 반창고가 여기저기 붙어 있었고 강산성물질에 변색된 곳도 있었다.

"우리는 볼일이 있어서 여기에 왔습니다."

스탬포드는 이렇게 말하며 높다란 삼발이 의자에 앉아, 다른 의자 하나를 발로 내 쪽으로 밀어주었다.

"여기 제 선배님이 하숙을 찾고 계시는데, 홈즈 씨가 같이 하숙을 할 사람을 찾지 못해 불평하는 걸 들었기에 이리 모셔오면 좋겠다고 생각했습니다."

셜록 홈즈는 나와 함께 하숙집을 나눠 쓴다는 생각에 기뻐하는 듯 했다.

"베이커 가에 집을 하나 눈여겨 봐두었습니다."

그가 말했다.

"우리에게 꼭 알맞은 곳이지요. 혹시 독한 담배 냄새를 싫어하십니까?"

"나도 항상 〈십스[14]〉를 피웁니다."

내가 대답했다.

"잘 됐군요. 나는 화학약품들을 많이 가지고 있고, 가끔씩 실험을 합니다. 그게 불쾌하진 않으시겠죠?"

"상관없습니다."

"어디 보자, 내 단점이 또 뭐가 있더라? 가끔씩 침울해져서 며칠이 지나도록 입을 열지 않을 때도 있습니다. 그럴 때 내가 화난 것이라고 생각하면 안 됩니다. 그냥 내버려두면 곧 제대로 돌아오지요. 선생께서 털어놓으실 건 없습니까? 두 사람이 한 집에 살기 전에 서로의 단점을 알아두는 것은 유익한 일이니까요."

나는 이런 반대신문에 웃고 말았다.

"불도그 강아지를 한 마리 키우고 있습니다."

내가 말했다.

"그리고 신경이 쇠약한 상태라서 시끄러운 소음을 싫어하고, 잠자리에서 일어나는 시간이 불규칙한데다 아주 게으르지요. 전에 건강할 때는 나쁜 습관이 몇 가지 더 있었지만, 지금은 그 정도가 중요한 단점입니다."

"시끄러운 소음의 범주에 바이올린 연주도 들어갑니까?"

그는 걱정되는 듯이 물었다.

"그건 연주자에 달려있지요."

---

14 ship's : ship's tobacco. 선원들이 피우는 거칠고 독한 담배.

내가 대답했다.

"능숙한 바이올린 연주라면 더없이 훌륭한 즐거움이 되겠지만, 형편없는 연주라면……"

"오, 그러면 됐습니다."

그는 유쾌하게 웃으며 말했다.

"일이 결정된 것으로 생각하면 되겠군요. 그러니까, 집이 마음에 드신다면 말입니다."

"언제 보러 가면 되겠습니까?"

"내일 정오에 여기로 오시면, 같이 가서 모든 일을 마무리 짓기로 하지요."

그가 대답했다.

"좋습니다. 열두 시 정각입니다."

나는 그와 악수하며 말했다.

화학 실험에 몰두해있는 그를 뒤로 남겨두고, 우리는 내가 묵고 있는 호텔 쪽으로 걸어갔다.

"그런데,"

나는 갑자기 발길을 멈추고 스탬포드를 향해 돌아서며 물었다.

"내가 아프가니스탄에 다녀왔다는 걸 그 친구가 대체 어떻게 안건가?"

스탬포드는 알 수 없는 미소를 지어보였다.

"그게 바로 그 사람의 특별한 점입니다."

그가 말했다.

"어떻게 그런 일들을 알아내는지 궁금해 하는 이들이 꽤 많이 있습니다."

"오! 그게 수수께끼란 말인가?"

나는 두 손을 비비며 큰 소리로 말했다.

"이거 아주 멋진 일인걸. 그 사람을 만나게 해줘서 자네에게 무척 감사하다네. 자네도 알겠지만, 〈인류의 진정한 연구대상은 인간이다〉라는 말이 있지."

"그러면 그 사람을 연구해보세요."

작별인사를 하며 스탬포드가 말했다.

"하지만 그 사람은 풀기 어려운 문제라는 걸 아시게 될 겁니다. 선생님이 그 사람에 대해 아는 것보다, 그가 선생님에 대해 더 많이 알게 된다는 쪽에 내기를 걸지요. 그럼 안녕히 가세요."

"잘 가게."

나는 대답을 한 뒤, 새로운 친구에 대해 커다란 호기심을 지닌 채 호텔 쪽으로 느긋하게 걸어갔다.

제2장
추리의 과학

다음 날 우리는 약속한 시간에 만나, 그가 얘기했던 베이커 가 221B 번지에 있는 방들을 살펴보았다. 그곳에는 안락한 침실 두 개와 넓고 바람이 잘 통하는 거실이 하나 있었는데, 가구도 잘 갖춰져 있었고, 햇볕이 잘 들어오는 커다란 창도 두 개 있었다. 셋방으로는 모든 면에서 마음에 들었으며, 두 명이 방세를 나누는 조건으로 부담도 적었기에 그 자리에서 계약을 했고 우리는 즉시 입주할 수 있게 되었다. 바로 그날 저녁 나는 호텔에서 내 짐을 옮겨왔고, 셜록 홈즈는 다음 날 아침에 상자 몇 개와 대형 여행 가방을 들고 뒤따라 들어왔다. 우리는 짐을 풀고 물건들을 가장 좋은 장소에 배치하느라 하루 이틀 정도 바쁘게 보냈다. 그 일을 끝내고나자, 차츰 자리가 잡히고 새로운 환경에 적응이 되어가기 시작했다.

　홈즈는 같이 살기에 어려운 사람이 전혀 아니었다. 그는 그 나름대로 조용했고, 규칙적인 생활을 했다. 밤 열 시 이후에는 깨어있는 일이 드물었으며, 아침에는 언제나 내가 일어나기 전에 식사를 마치고 나가버렸다. 어떤 때는 화학 실험실에서 하루 종일 지내기도 했고, 또 어떤 때는 해부실에서 지내기도 했는데, 가끔씩은 오랫동안 걷다 보면 도시의 변두리 지역까지 가는 듯 했다. 일에 대한 열정이 솟구칠 때는 무엇으로도 막을 수 없을 만큼 왕성한 활동력을 보였지만, 이따금 그에 대한 반작용으로 며칠 동안 거실 소파에 누워 아침부터 밤까지 한 마디도 하지 않고 손가락 하나 꿈쩍이지 않았다. 그럴 때면 꿈꾸는 듯 멍한 표정이 그의 눈에 떠올랐는데, 평소 그가 어리석은 생각은 멀리 하고 금욕적이며 청결한 삶을 살아오지 않았다면, 어떤 마약에 취해 있다는 의심이 들었을 것이다.

몇 주가 지나가면서, 그에 대한 궁금증과 그의 삶의 목표에 대한 호기심이 점점 커지고 깊어져갔다. 그의 인물과 생김새는 아무리 허술한 관찰자일지라도 단번에 주목할 정도였다. 키를 보자면, 6피트[15]를 좀 넘었는데 아주 깡말랐기 때문에 그보다 훨씬 커보였다. 그의 눈은 내가 언급했던 무기력한 상태일 때를 제외하면 예리하고 사물을 꿰뚫어보는 듯 했으며, 호리호리한 매부리코는 전체적으로 민첩하고 단호한 인상을 주었다. 또한, 그의 사각으로 튀어나온 턱은 결단력 있는 사람이란 걸 나타내고 있었다. 그의 두 손에는 항상 잉크 자국과 화학 약품에 물든 얼룩이 있지만, 아주 뛰어나고 섬세한 솜씨를 지니고 있어서 깨지기 쉬운 실험 도구들을 능숙하게 다루는 걸 나는 자주 볼 수 있었다.

이 남자가 얼마나 나의 호기심을 자극했으며, 자신과 관련된 일에 대해선 아무 말도 하지 않는 그의 침묵을 깨뜨리기 위해서 내가 얼마나 애썼는지 털어놓으면, 독자들은 나를 구제할 수 없는 참견꾼

---

15 약 182.8cm

이라 생각할 지도 모른다. 하지만 그런 판단을 내리기 전에 내 삶이 얼마나 목적을 잃고 있었는지, 내가 관심을 둘 만한 것이 얼마나 없었는지를 기억해주길 바란다. 나는 아주 온화한 날씨가 아니라면 외출도 할 수 없는 건강상태였고, 나를 찾아와 일상생활의 단조로움을 깨뜨려줄 친구들도 없었다. 이러한 상황 속에 있었기에, 나는 동거인의 주위를 둘러싸고 있는 사소한 수수께끼에 기다렸다는 듯이 빠져들었으며 그 수수께끼를 푸는 데 거의 모든 시간을 보냈던 것이다.

그는 의학을 공부하는 것이 아니었다. 내가 물어봤을 때 그가 스스로 말해주었고, 이 점에선 스탬포드의 의견이 옳다는 걸 확인할 수 있었다. 또한 어떤 과학 분야의 학위를 따기 위한 공부과정에 있는 것도 아니었으며, 다른 어느 학문의 세계로 향하는 등용문을 통과하기위해 공부하는 것도 역시 아니었다. 하지만 특정한 연구에 대한 그의 열정은 놀라웠는데, 일반적인 학문을 벗어난 괴상한 분야에 관한 지식은 아주 놀랍도록 넓고도 세밀해서, 나는 그의 관찰력에 깜짝 놀라곤 했다. 뚜렷한 목표를 세운 것이 아니라면, 분명 어느 누구도 그렇게 열심히 공부하거나 정확한 지식을 얻기 위해 노력하진 않을 것이다. 일관성 없이 산만하게 독서하는 사람이 자신의 학문 분야에서 정확성을 갖추는 것은 거의 드문 일이다. 그럴 만한 합당한 이유가 없고서야, 사소한 일로 자신의 정신에 부담을 줄 사람은 아무도 없다.

그의 무지함은 그가 지닌 지식만큼이나 놀라웠다. 당대의 문학이나 철학, 정치에 대해서는 거의 아는 것이 없는 듯 했다. 내가 토마스 칼라일[16]을 인용했을 때, 그는 천진난만하게 그가 누구며 무슨 일을 했는지 물었다. 아무리 그렇다 해도, 우연히 코페르니쿠스 이론이나 태양계 구성에 대해서도 모른다는 것을 알았을 때, 내가 느낀 놀라움은 정점에 달했다. 19세기에 사는 문명인이 지구가 태양 둘레를 돈다는 것을 모른다니, 내게는 도무지 믿을 수 없는 엄청난 사실이었다.

"자네를 놀라게 한 모양이군."

내 놀란 표정을 보고 미소 지으며 홈즈가 말했다.

"이제 그걸 알았으니, 잊어버리도록 노력을 해야겠네."

"잊어버린다고!"

"자네도 알다시피,"

그가 설명했다.

"사람의 뇌란 원래, 비어있는 작은 다락방 같은 것이어서 자기가 고른 가구를 채워 둬야 하는 것이지. 어리석은 자는 닥치는 대로 온갖 종류의 잡동사니를 쌓아놓아서, 자신에게 유용한 지식이 밀려나게 한다거나 기껏해야 다른 것들과 뒤죽박죽 섞여 찾기 어렵게 만든다네. 훌륭한 장인은 두뇌 다락방에 무엇을 들여놓을지 아주 신중하게 고려하지. 그는 자신의 일에 소용이 되는 도구만 갖출 뿐만 아니라, 방대한 내용을 순서에 맞춰 완벽하게 정리하거든. 그 작은 방이 늘어나는 벽을 지니고 있어서 넓이를 늘릴 수 있다고 생각하는 건 잘못일세. 그런 까닭에, 온갖 지식을 추가해나간다면 언젠가

---

16 Thomas Carlyle(1795-1881) : 영국의 역사가, 비평가. 저서로는 《프랑스 혁명》, 《영웅 숭배론》등이 있다.

는 전에 알았던 것을 잊어버릴 때가 오는 것이지. 따라서 쓸데없는 사실 때문에 유용한 지식이 밀려나지 않도록 하는 건 아주 중요한 일이라네."

"하지만 태양계는!"

나는 항의하듯 말했다.

"그게 대체 나랑 무슨 관계란 말인가?"

그는 성급하게 내 말을 가로막았다.

"자네는 우리 지구가 태양 둘레를 돈다고 했네. 하지만 지구가 달 둘레를 돈다고 해도 내 자신이나 내 일에는 조금도 달라질 것이 없어."

나는 그가 하는 일이 무엇인지 물어보려했지만, 그의 태도에는 어쩐지 그런 질문을 꺼려하는 모습이 보였다. 그래서 나는 그때의 짧은 대화를 되짚어 생각해보며, 거기에서 추론을 이끌어내려 애썼다. 그는 자신의 목적에 상관없는 지식은 취하려하지 않았다. 그렇다면 그가 지닌 모든 지식은 그 자신에게 유용하다는 뜻이다. 나는 그가 특별히 잘 알고 있는 것으로 보이는 여러 가지 항목들을 마음속으로 열거해보았다. 연필을 들고 적어보기도 했다. 다 적어놓은 종이를 보니 웃음이 나지 않을 수가 없었다. 내용은 다음과 같다.

셜록 홈즈 – 그가 지닌 지식의 범위

1. 문학 지식 – 전혀 없음.

2. 철학 지식 – 전혀 없음.

3. 천문학 지식 - 전혀 없음.

4. 정치 지식 - 약간 있음.

5. 식물학 지식 - 일정하지 않음.

벨라도나[17], 아편, 일반적인 독물에 대해서는 잘 알고 있음. 실용적인 원예에 대해서는 전혀 모름.

6. 지질학 지식 - 실용적이지만 한계가 있음.

한눈에 각기 서로 다른 토양을 구별할 수 있음. 산책을 나갔다온 후자신의 바지에 튄 흙을 보여주며, 색깔과 밀도를 바탕으로 런던 어느 곳에서 묻은 것인지 말해준 적이 있음.

7. 화학 지식 - 아주 깊음.

8. 해부학 지식 - 정확하지만 체계적이지 않음.

9. 범죄 관련 문헌에 대한 지식 - 상당함.

금세기에 일어난 끔찍한 사건에 대해서 자세한 내용까지 모두 아는 것 같음.

10. 바이올린 연주를 잘 함.

11. 목검술, 권투, 검도에 능숙함.

12. 영국 법에 대해 실용적인 지식이 꽤 많음.

여기까지 목록을 적어 내려가다, 나는 포기하고 종이를 불 속으로 던져버렸다.

"그 친구가 이 모든 재능을 조율해서 하고자하는 목표가 무엇인

---

17 belladonna : 가짓과의 유독 식물. 진통제 등으로 쓰인다.

지, 이 모든 걸 필요로 하는 직업이 무엇인지, 기껏해야 그 정도 알아내는 거라면."

나는 혼잣말로 얘기했다.

"이런 건 당장 그만 두는 편이 낫겠군."

그의 바이올린에 대한 재능은 앞에서 언급한 바가 있다. 그의 실력은 매우 뛰어났지만, 다른 재능과 마찬가지로 괴상한 면이 있었다. 나는 그가 여러 가지 곡을, 어려운 곡들을 연주할 수 있다는 걸 잘 알고 있다. 내가 요청한 멘델스존의 가곡이나 ,다른 좋아하는 노래들을 연주해주었기 때문이다. 하지만 그가 스스로 연주할 때는 듣기 좋은 음악이 나오지 않았고, 잘 알려진 곡은 시도조차 하지 않았다. 저녁 무렵이면 그는 안락의자에 기대앉아 눈을 감은 채 무릎 위에 걸쳐놓은 바이올린을 무심하게 켜곤 했다. 어떤 때는 낭랑하고도 우울한 소리가 났다. 또 가끔씩은 몽환적이고 즐겁기도 했다. 그 소리는 분명 그를 사로잡고 있는 생각이 투영된 것이 분명했지만, 그 음악이 생각에 도움을 주는 것인지 아니면 단순히 일시적이고 즉흥적인 연주인지 나로서는 도무지 알 수 없었다. 내가 그런 참을 수 없는 독주곡에 반발하지 않은 까닭은, 그가 대개는 내 인내심에 대한 작은 보상으로 내가 좋아하는 곡들을 연달아서 모두 들려주는 것으로 연주를 끝냈기 때문이다.

처음 일 주일 정도를 지내는 동안, 우리를 찾아오는 사람은 한 명도 없었기에 나는 내 동거인도 역시 나처럼 친구가 없는 사람이라는 생각이 들었다. 하지만 곧 그에게는 아는 사람이 많이 있으며, 그것도 수많은 계층의 사람들과 친분이 있다는 걸 알게 되었다. 그중에는 얼굴빛이 약간 창백하고 생쥐 같은 얼굴에 검은 눈동자를 지닌 친구가 있었는데, 홈즈는 그를 레스트레이드 씨라고 소개해줬고, 일주일에 서너 번 정도 찾아왔다. 어느 날 아침에는 상류층의 옷을 입은 젊은 여인이 찾아와 반시간 넘게 머물러 있기도 했다. 그날 오후에는 희끗희끗한 머리에 유대인 행상처럼 보이는 초라한 방문객이 왔는데, 내가 보기에 그는 아주 흥분한 것 같았고, 그 뒤를 바로이어 발을 질질 끄는 노부인이 나타났다. 어떤 때는 백발이 성성한 노신사가 내 동거인과 이야기를 나눈 적도 있었고, 또 어떤 때는 벨벳 제복을 입은 철도 수하물 운반원이 오기도 했다. 이런 정체 모를 사람들이 나타날 때면, 셜록 홈즈는 거실을 써야겠다고 부탁했기에 나는 내 침실로 물러나곤 했다. 그는 내게 불편을 끼쳐서 늘 미안하다고 사과했다.

"나는 이 방을 사무실로 써야하네."

그가 말했다.

"이 사람들은 내 고객일세."

단도직입적으로 그에게 질문을 할 기회가 다시 찾아왔지만, 다른 사람에게 비밀을 털어놓으라고 강압해서 안 된다는 조심스런 마음이 또다시 들었다. 그 당시 나는 이야기하지 않는 데에는 어떤 커다란 이유가 있으리라 상상했는데, 얼마 지나지 않아 그가 스스로 이 문제에 대해 말해왔기에 이런 상상은 곧 사라져버렸다.

그날은 3월 4일이었는데, 내가 이 날을 기억하는 건 그럴 만한 이유가 있다. 평소보다 좀 일찍 일어나서 나왔더니, 셜록 홈즈는 아침식사를 하는 중이었다. 하숙집 아주머니는 나의 늦잠 자는 습관을 알고 있었기에, 내 식사는 차려져 있지 않았고 커피도 준비되어 있지 않았다. 나는 별 이유도 없이 신경질 내는 사람들처럼, 벨을 울리고는 일어났으니 아침상을 차려달라고 퉁명스럽게 얘기했다. 그리고는 내 동거인이 아무 말 없이 토스트를 우적우적 먹고 있는 동안 시간을 때우려고 탁자에 있는 잡지를 하나 집어 들었다. 잡지 기사 중 하나에 연필로 표시해둔 제목이 있었기에 내 눈은 자연스럽게 그 내용을 따라갔다.

《삶의 책》이란 다소 야심만만한 제목을 달고 있었는데, 관찰력이 예리한 사람이 자신의 생활에서 벌어지는 모든 일에 대해 정확하고 체계적인 고찰을 함으로써 얼마나 많은 것을 배울 수 있는지 설명하고 있었다. 그건 치밀함과 불합리함을 교묘하게 섞은 혼합물이란 인상을 주었다. 논리는 빈틈이 없고 강력했지만, 추론은 비약이 심하고 과장된 것 같았다. 저자는 순간적으로 지나가는 표정, 근육의 경련, 흘긋 쳐다보는 눈빛으로도 깊숙한 인간 내면의 생각을 헤아릴 수 있다고 주장했다. 그의 말에 따르면, 관찰과 분석에 훈련된 사람일 경우, 그를 속이는 건 불가능하다는 것이다. 그가 내린 판정은 유클리드의 정리만큼이나 명확하다고 했다. 그래서 사전지식이 없는 사람이라면 그 결과에 깜짝 놀라서, 거기까지 도달하게 된 과정을 알기 전까지는 그를 마법사라고 생각할 것이다.

〈한 방울의 물로부터,〉

저자는 이렇게 말하고 있다.

〈논리적인 사람은 대서양이나 나이아가라 폭포가 존재한다는 것을 직접 보거나 듣지 않아도 한 방울의 물로부터 추론해낼 수 있다.

그와 같이 사람의 전체 삶은 거대한 사슬과 같아서, 언제든지 하나의 연결고리만 본다면 그 본성을 알 수 있는 것이다. 다른 모든 학문과 마찬가지로 추론과 분석의 과학은 오랫동안 끈질긴 연구를 통해 익힐 수가 있고, 어느 누구라도 최고의 경지에 이르려면 인생을 다 바쳐도 모자랄 것이다. 연구자는 가장 어려운 인간의 정신과 마음에 대한 문제로 눈을 돌리기 전에, 좀 더 기초적인 문제를 완벽하게 파악하는 것부터 시작해야한다. 다른 사람을 만나면 한눈에 그 사람의 경력, 하고 있는 일이나 직업을 알 수 있도록 훈련해야 한다. 그러한 훈련이 유치한 일로 보일 수도 있지만, 그 훈련을 통해서 관찰 능력이 예리해지고, 어디를 보고 무엇을 찾아야할 지 알게 된다. 사람의 손톱, 코트 소맷자락, 신발, 바지 무릎, 엄지와 검지에 있는 굳은 살, 표정, 셔츠의 소매단추, 이러한 물건은 하나하나가 그 사람의 직업을 분명하게 나타내고 있다. 어떤 사건일지라도, 그 모든 요소를 통합한 유능한 연구자가 내막을 밝혀내는 데 실패한다는 것은 상상도 못할 일이다.〉

"말도 안 되는 헛소리!"

나는 이렇게 소리치며, 잡지를 탁자 위로 털썩 내려놓았다.

"평생 이런 쓰레기 같은 글은 읽어본 적이 없군."

"무슨 일인가?"

셜록 홈즈가 물었다.

"아, 이 기사 말일세."

나는 아침식사를 하려고 자리에 앉으며 에그 스푼[18]으로 기사를 가리켰다.

"표시해 놓은 것을 보니 자네도 읽었군. 꽤 잘 쓴 글이라는 건 나도 부정하진 않네. 하지만 울화통이 터지는군. 이건 세상과 동떨어진 채 자기 서재에 편안하게 앉아있는 할 일없는 작자가 온갖 멋지고도 하찮은 이론들을 모아서 만든 것이 틀림없네. 실용적인 이론이 아니야. 나는 이 작자를 지하철 3등 칸에 탁 올려놓고, 타고 있는 모든 승객들의 직업을 알아내라고 해보고 싶네. 그 작자의 반대편에 천 달러를 걸겠어."

"자네가 돈을 잃게 될 걸세."

홈즈는 온화하게 말했다.

"그 기사로 말하자면, 내가 직접 쓴 거라네."

"자네가!"

"그렇다네. 나는 관찰과 추론 양쪽에 특별한 재능이 있지. 거기서 내가 설명한 이론은, 자네가 터무니없다고 생각하는 그 이론은, 사실 아주 실용적이라네. 내가 그걸로 끼니를 벌어서 먹고 살만큼 실용적이지."

"어떻게 해서?"

나도 모르게 질문이 튀어나왔다.

"음, 나 혼자 만의 직업이 있거든. 아마도 세계에서 내가 유일할 걸세. 자네가 이해할지 모르겠지만 나는 자문 탐정이라네. 이곳 런던

---

18 삶은 달걀을 먹을 때 쓰는 작은 스푼.

에는 국가의 경찰도 많이 있고, 사립 탐정도 많이 있지. 이 친구들이 실패할 때면 나를 찾아오고, 나는 그들에게 올바른 단서를 찾아주는 거야. 모든 증거를 내 앞에 가져다주면, 내가 가진 범죄 역사의 지식을 이용해서 대개는 정확한 방향으로 그들을 안내할 수 있거든. 범죄에는 아주 강력한 유사성이 있기 때문에 천 가지 범죄를 상세하게 꿰뚫고 있다면, 천한 번째를 풀지 못한다는 것이 오히려 이상한 일이지. 레스트레이드는 유명한 형사라네. 최근에 위폐사건으로 오리무중을 헤매는 중이라 이곳에 온 걸세."

"그러면 다른 사람들은?"

"그들은 대부분 사설 조사기관을 통해 온 사람들이지. 모두가 어떤 문제를 겪고 있어서 작은 희망이나마 찾고자하는 사람들이라네. 나는 그 사람들의 이야기를 듣고, 그 사람들은 내 의견을 듣는 거야. 그리고 나는 보수를 받는 거지."

"그러니까 자네 말은,"

내가 말했다.

"그 사람들이 세세한 내용을 직접 보고도 못 푸는 매듭을, 자네는 방을 나서지도 않고 풀 수 있단 말인가?"

"바로 그렇다네. 나는 그 방면에 직관적인 통찰력을 가지고 있거든. 간혹가다 좀 더 복잡한 사건을 접할 때도 있어. 그럴 때면 부산떨며 나가서 내 눈으로 직접 봐야만 하지. 자네도 알다시피, 사건에 적용할 수 있는 특수한 지식을 많이 가지고 있으니까 아주 손쉽게 문제를 풀 수 있다네. 그 기사에 쓴 추론의 법칙이 자네의 비웃음거리가 되었지만, 내가 실제로 일을 함에 있어서 더없이 중요한 것이지. 관찰은 나에게 제2의 천성이라네. 우리가 처음 만났을 때, 내가 자네에게 아프가니스탄에서 왔다고 하자 놀라더군."

"틀림없이 누가 얘기해줬겠지."

"천만에. 자네가 아프가니스탄에서 왔다는 건 내가 알아낸 걸세. 오랜 습관으로 생각의 맥락이 내 머리 속에서 빠르게 지나갔기 때문에, 중간 단계를 의식할 틈도 없이 결론에 도달한 거야. 하지만 거기엔 단계가 있었네. 추리 과정은 이렇지. 〈여기 의사 타입의 신사가 있는데, 군인의 분위기도 있다. 그러면 분명히 군의관이다. 얼굴은 검지만, 손목이 하얀 것을 봐서 원래 피부가 검은 색은 아니니, 열대지방에서 막 돌아온 것이다. 고생을 많이 하고 병에 시달린 것은 초췌한 얼굴이 확실하게 말해주고 있다. 왼쪽 팔에 부상을 입었다. 팔의 움직임이 경직되고 부자연스럽다. 영국 군의관이 고생을 하고 팔에 부상을 입은 열대지방이 어딜까? 분명 아프가니스탄이다.〉 이 모든 생각이 연속적으로 지나가는 데 일 초가 채 걸리지 않았네. 그 다음에 자네가 아프가니스탄에서 왔다고 했더니 깜짝 놀라더군."

"설명을 듣고 나니 아주 간단하네."

나는 웃으며 말했다.

"자네는 에드거 앨런 포의 뒤팽을 떠오르게 하는군. 소설 밖에서 그런 인물이 존재하리라곤 생각도 못했네."

셜록 홈즈는 일어나 파이프에 불을 붙였다.

"물론 자네는 칭찬이라고 생각해서 나를 뒤팽과 비교했겠지만,"

그가 말했다.

"내 견해로 볼 때, 뒤팽은 훨씬 수준이 낮은 친구야. 15분 동안 아무 말이 없다가 적당한 말로 친구들의 생각을 방해하는 속임수는 아주 과시적이고 천박한 일이지. 분명 천재적인 분석능력은 어느 정도 있었지만, 포가 생각했던 만큼 비범한 인물은 결코 아닐세."

"가보리오[19]의 작품은 읽어본 적 있나?"

내가 물었다.

"탐정으로서 자네의 이상이 르콕[20]과 가까운가?"

셜록 홈즈는 냉소적으로 코웃음을 쳤다.

"르콕은 불쌍하고 서투른 작자야."

그는 화난 목소리로 말했다.

"마음에 드는 점은 단 한 가지, 열정뿐일세. 그 책은 정말 기분이 나쁘더군. 문제는 신원을 알 수 없는 피고인의 정체를 밝히는 것이지. 나는 스물네 시간이면 해냈을 걸세. 르콕은 여섯 달이나 걸렸어. 그건 차라리 탐정이 피해야할 일이 무엇인지 가르쳐주는 교과서라고 해야 할 거야."

내가 좋아하는 두 인물을 이토록 오만하게 다루는 걸 보자 나는 화가 치밀었다. 창가로 다가가 서서 부산한 거리를 내다보았다.

'아주 영리한 친구이긴 하지만,'

나는 속으로 생각했다.

'자만심이 꽤나 강한 게 분명해.'

"요즘엔 범죄도 없고 범죄자도 없다네."

---

19 Emile Gaboriau : (1832-1873), 프랑스의 추리소설 작가 《르루즈 사건》, 《르콕 탐정》 등을 썼다.

20 Lecoq : 가브리오가 1869년에 쓴 《르콕 탐정(Monsieur Lecoq)》에 나오는 주인공.

그는 불만스럽게 말했다.

"이 방면에서 뛰어난 두뇌를 가지고 있다한들 무슨 소용이 있겠나? 나에게는 명성을 드높일만한 두뇌가 있다는 걸 잘 알고 있다네. 현재든 과거든 간에 범죄 수사에 대해 나처럼 천부적인 재능을 가진 사람은 아무도 없지. 그런데 결과는 무엇인가? 수사할 범죄가 없거나, 기껏해야 런던 경찰청 형사조차도 해결할 수 있는 빤한 동기를 지닌 서툰 범죄자밖에 없으니까 말일세."

나는 그의 오만불손한 말투에 여전히 화가 났다. 대화 주제를 바꾸는 것이 최선이란 생각이 들었다.

"저 친구는 대체 뭘 찾고 있는 건가?"

나는 다부진 체격에 평범한 옷차림의 한 사람을 가리키며 물었다. 그는 길 건너 거리를 천천히 걸어오며 열심히 번지수를 쳐다보고 있었다. 손에는 커다란 청색 봉투를 들고 있는 것으로 보아, 서신을 전하는 심부름꾼이 분명했다.

"전직 해병대 하사관 말이로군."

셜록 홈즈가 말했다.

'허풍쟁이!'

나는 속으로 생각했다.

'자기가 추측한 걸 내가 확인하지 못한다는 걸 알고 있으니까.'

내 마음속에 그런 생각이 막 지나가고 있을 때, 그 남자가 우리 집 대문에 붙은 번지수를 보더니 재빨리 도로를 건너 달려왔다. 아래층에서 시끄럽게 문을 두드리는 소리와 굵은 목소리가 들리더니, 이어 육중한 발소리가 계단을 올라왔다.

"셜록 홈즈 씨께 전합니다."

그는 이렇게 말하며 방 안으로 들어와, 내 친구에게 편지를 건넸다.

홈즈의 콧대를 꺾어줄 기회가 찾아왔다. 되는 대로 말을 꾸며댔을 때는 이런 일이 벌어지리란 생각을 못했을 것이다.

"이보게, 내가 물어볼 것이 있는데,"

나는 최대한 부드러운 목소리로 말했다.

"자네 직업은 뭔가?"

"수위[21]입니다."

그가 퉁명스럽게 말했다.

"제복은 수선하려고 맡겼습니다."

"그럼, 전에는?"

나는 내 동료에게 조금 심술궂은 눈초리를 보내며 물었다.

"하사관이었습니다. 영국 해병 경보병대 소속입니다. 답장은 없습니까? 알겠습니다."

그는 발뒤꿈치를 착 붙이고 오른손을 올려 경례하고는 나가버렸다.

---

21 극장이나 호텔 등에서 근무하는 제복을 입는 수위를 뜻함.

제3장
로리스턴 정원 사건

고백하건대, 나는 내 동료의 이론이 실용적이라는 것을 보여준 이 생생한 증거에 적지 않게 놀랐다. 그의 분석 능력에 대한 경의도 놀랄 만큼 커졌다. 하지만 마음 한편에는 이 모든 일이 나를 현혹시키기 위해 미리 준비된 연극이 아닐까 하는 의심이 여전히 남아있었다. 대체 어떤 목적으로 그러는 지는 도무지 이해할 수 없지만 말이다. 그를 쳐다보았더니, 편지는 이미 다 읽었고, 정신이 완전히 나간 듯 멍하고 거슴츠레한 눈빛을 하고 있었다.

"도대체 그걸 어떻게 추리해낸 건가?"

내가 물었다.

"뭘 추리했다고?"

그는 신경질적으로 말했다.

"아, 그 전직 해병대 하사관 말일세."

"그런 하찮은 일에 신경 쓸 시간은 없네."

그는 퉁명스럽게 대답했지만, 곧 미소를 지었다.

"무례함을 용서하게나. 자네가 내 생각의 맥락을 끊어서 그랬네. 하지만 괜찮아. 그러니까 자네는 그 남자가 해병대 하사관이란 걸 알아보지 못했다는 건가?"

"전혀 몰랐네."

"알기는 쉬워도 어떻게 아는가를 설명하기는 어려운 일이지. 자네한테 2 더하기 2가 4라는 걸 증명하라고 한다면 좀 까다롭다는 걸 알게 될 걸세. 그 사실을 확실하게 알고 있는 데도 말이야. 그 남자가 길 건너에 있을 때도, 나는 그의 손등에 푸른 닻 문신이 커다랗게 있는 걸 볼 수 있었네. 그건 바다를 연상시키지. 그런데다 군인다운 태도가 있었고, 규정대로 자른 옆 구레나룻도 보였어. 거기에서 해병대라는 걸 알았네. 그는 자만심이 꽤 있었고, 지휘관의 풍모도 있었네. 자네도 그 사람이 머리를 꼿꼿하게 세우고 지팡이를 흔드는 걸 보았을 걸세. 착실하고 훌륭한 중년의 남자라는 것도 얼굴에 나타나 있었지. 이 모든 사실이 그 사람이 하사관이었다는 걸 알려주고 있었네."

"대단하군!"

내가 소리쳤다.

"별 거 아닐세."

홈즈는 이렇게 말했지만, 그의 표정으로 미루어보아 내가 정말 놀라고 감탄하는 것을 보고 기뻐하는 것 같았다.

"방금 내가 요즘엔 범죄가 없다고 말했었지. 내가 틀린 것 같네. 이걸 보게!"

그는 수위가 가져온 편지를 내게 던져주었다.

"이런,"

나는 그 편지를 훑어보며 소리 질렀다.

"끔찍한 일이군!"

"평범한 일에서는 좀 벗어나는 것 같네."

그는 침착하게 말했다.

"괜찮다면 크게 읽어주겠나?"

내가 읽어준 편지 내용은 다음과 같다.

〈셜록 홈즈 씨에게,

지난 밤, 브릭스턴 로, 로리스턴 가든 3번지에서 좋지 않은 사건이 벌어졌습니다. 순찰 중이던 경관이 새벽 두 시경 그곳에 불이 켜져 있는 것을 보았는데, 그 집이 비어 있다는 걸 알고 있었기에 무언가 잘못되었다는 의심을 하게 되었지요. 문은 열려 있었고, 가구가 하나도 없는 거실에서 잘 차려입은 신사의 시체를 발견했습니다. 주머니에는 '미국, 오하이오 주, 클리블랜드, 이노크 J. 드리버'라고 적힌 명함이 있었습니다. 강도를 당한 흔적도 없고, 어떻게 죽었는지 알 수 있는 증거물도 없습니다. 방 안에는 핏자국이 있었지만 시체에는 상처가 전혀 없습니다. 그 남자가 빈집으로 어떻게 들어온 건지부터 알 수가 없어 막막한 상태입니다. 정말 당혹스런 사건입니다. 12시 전에 언제라도 그 집으로 와주신다면 제가 기다리고 있겠습니다. 소식이 있을 때까지 모든 걸 현상태 그대로 보존하겠습니다. 오실 수 없다면, 상세한 내용을 알려드릴 테니 부디 의견을 말씀해주시길 부탁드립니다.

토비아스 그렉슨으로부터.〉

"그렉슨은 런던 경찰청에서 가장 영리한 친구이지."

내 친구가 말했다.

"그 친구하고 레스트레이드는 형편없는 집단 속에서나마 뛰어난 인재들이야. 그 둘 모두 민첩하고 열정적이긴 한데, 정말 놀랍도록 진부하기 짝이 없어. 그 둘은 서로 원수지간이지. 화류계의 여성들처럼 서로 질투한다네. 이 사건에 둘 다 투입된다면 꽤나 재미있을 걸세."

나는 그가 이렇게 평온한 반응을 보이는 데에 놀랐다.

"지체할 시간이 없네."

내가 외쳤다.

"내가 나가서 마차를 부를까?"

"내가 가야 할지 확신이 서질 않는군. 나는 구제할 수 없는 게으름뱅이라서 구두 신는 것조차 귀찮은데……. 하긴, 한 번 나서기만 하면 나도 꽤 민첩하지만 말이야."

"아니, 이건 자네가 바라던 바로 그 기회가 아닌가."

"이보게 친구. 나한테 무슨 상관이 있겠는가? 내가 사건을 모두 해결한다 해도, 그렉슨과 레스트레이드, 경찰들에게 모든 공적이 돌아가게 될 걸세. 그런 결과가 비공식적으로 활동하는 인물에게 돌아올 뿐이지."

"하지만 자네의 도움을 간청하고 있네."

"그렇지. 그렉슨도 내가 자신보다 훨씬 뛰어나다는 것을 알고 있고, 내 앞에서는 그걸 인정하지. 하지만 제삼자에게 그걸 인정하느니 차라리 자신의 혀를 자르려고 할 걸세. 어쨌거나, 우리가 가서 살펴보는 게 좋을 것 같군. 나는 내 방식대로 일을 해야 하니까 말이야. 나에게 남을 것이 하나도 없더라도, 그 친구들을 비웃어줄 수는 있지. 가세!"

그는 서둘러 외투를 걸쳤고, 무관심했던 마음이 열정적인 활동 상태로 바뀐 듯 부산스럽게 뛰어다녔다.

"모자를 쓰게."

그가 말했다.

"나도 같이 가자는 건가?"

"물론이지. 더 좋은 일이 있는 게 아니라면 말이야."

일 분 뒤 우리는 이륜마차를 타고 브릭스턴 로를 향해 맹렬하게 달려갔다.

안개가 자욱하고 흐린 날이었고, 마치 지상의 진흙빛 거리가 투영된 것처럼 암갈색 장막이 지붕 꼭대기에 걸려있었다. 내 동료는 기분이 아주 좋아서 크레모나[22] 바이올린과 스트라디바리우스[23], 아마티[24]의 차이점에 대해 떠들어댔다. 나로 말하자면, 찌푸린 날씨와 우리가 참여한 우울한 사건 때문에 기분이 가라앉아 침묵을 지키고 있었다.

"자네는 사건에 대해서는 별로 생각하지 않는 것 같네."

결국 나는 음악에 대한 홈즈의 강연을 가로막으며 말했다.

---

22 Cremona : 이탈리아 롬바르디아 주에 있는 도시. 바이올린의 본고장이라 불리는 곳이다. 수많은 바이올린 명기가 이곳에서 탄생되었다.

23 Stradivarius : 이탈리아의 현악기 장인 Antonio Stradivari(1644-1737)가 만든 악기. 그가 만든 악기는 음색이 풍부하고 화려한 것으로 유명하다.

24 Amati : 이탈리아 크레모나에서 현악기를 제작하는 가문. 니콜라 아마티가 그중 최대 거장으로 알려져 있다. 그의 문하에서 스트라디바리, 구아르네리(Guarneri) 등의 명장이 탄생했다.

"아직은 정보가 없어."

그가 대답했다.

"모든 증거를 확보하기 전에 이론을 세우는 건 중대한 실수일세. 판단에 편견을 갖게 하거든."

"정보는 곧 얻게 되겠군."

나는 손가락으로 가리키며 말했다.

"내가 틀린 게 아니라면, 여기가 브릭스턴 로이고, 저기가 그 집이네."

"그렇군. 세우게, 마부. 세워!"

우리는 아직 목적지에서 백 야드[25]나 떨어져 있었지만, 홈즈가 내리기를 고집했기에 나머지 거리는 걸어서 가야했다.

로리스턴 가든 3번지는 불길하고 겁이 나는 곳이었다. 도로에서 약간 뒤로 물러서 있는 네 집 중 하나인데, 두 집은 사람이 살고 있었고 두 집은 비어 있었다. 그 빈집들은 3열로 늘어서 있고 임자 없는 쓸쓸한 창문을 통해 밖을 내다보는 것 같았다. 그 창문은 뻥 뚫린 듯 음산한 느낌이었고, 흐릿한 창유리 여기저기에 '임대'라고 쓴 종이가 붙어있어서 마치 백내장이 걸린 것처럼 보였다. 병든 식물이 듬성듬성 튀어나와있는 작은 정원이 집과 거리를 구분하고 있었고, 진흙과 자갈이 뒤섞인 누르스름한 좁은 통로가 정원을 가로지르고 있었다. 밤 동안 내린 비로 모든 곳이 질척거렸다. 정원은 맨 윗부분에 나무 난간을 붙인 3피트 벽돌담으로 둘러싸여 있었고, 그 담

---

25 약 91미터. 1 야드는 약 91.44cm.

에는 체격 좋은 순경 한 명이 기대서 있었는데, 또 그 주위를 할 일 없는 사람들 몇 명이 에워싸고 그 안에서 일어나는 일을 조금이라도 볼 수 있을까하는 헛된 희망을 품은 채 목을 길게 빼고 눈에 힘을 주고 있었다.

나는 셜록 홈즈가 당장 집 안으로 들어가 이 사건에 대한 수사를 시작하리라 짐작했다. 하지만 그럴 기색이라곤 전혀 없었다. 그는 무관심한 태도로 어슬렁거리며 도로를 왔다 갔다 하면서, 땅이나 하늘, 맞은 편 집, 난간 등을 한가롭게 바라보았다. 그러한 상황이다 보니, 내가 보기엔 그의 태도가 그저 형식적인 것만 같았다. 조사를 끝낸 그는 천천히 통로를 따라 들어갔다. 아니 통로라기보다는 길 가장자리의 풀을 밟으며 걸었고 눈은 땅에 고정한 채로 떼지 않았다. 그는 두 번 멈추어 섰는데, 한 번은 그가 미소 지으며 만족스런 감탄사를 외치는 걸 들었다. 그곳에는 물에 젖은 진흙 땅 위에 수많은 발자국들이 있었다. 하지만 이미 경찰들이 그 위로 왔다갔다 하고난 뒤이기 때문에, 나는 내 친구가 거기서 무얼 찾을 수 있을 거라곤 도무지 생각할 수 없었다. 그래도 나는 그에게 예민하게 감지해내는 능력이 있다는 걸 놀라운 증거를 통해 알고 있었기에, 나로서는 찾을 수 없는 수많은 것들을 그가 알아내리란 건 의심할 여지가 없었다.

그 집의 현관에서 우리는 키가 크고, 하얀 얼굴에 담황색 머리를 만났다. 그는 손에 수첩을 쥔 채로 뛰어나오더니 기뻐하며 내 동료의 손을 굳게 잡았다.

"이렇게 오시다니 정말 고맙습니다."

그가 말했다.

"아무 것도 손대지 않고 그냥 놔뒀습니다."

"저긴 아니군요!"

내 친구는 통로를 가리키며 말했다.

"물소 떼가 지나갔다고 해도 저 정도 엉망이 되지는 않았을 겁니다. 하지만 그렉슨, 이렇게 통행을 허락하기 전에, 당신은 이미 사건의 결론을 내린 것이 분명할 테지요."

"저는 집 안에서 할 일이 많았습니다."

형사는 둘러대며 말했다.

"제 동료 레스트레이드가 이곳에 와 있습니다. 그 친구에게 여길 살펴보라고 맡겼지요."

홈즈는 나를 힐끗 쳐다보고는 비웃듯이 눈썹을 치켜 올렸다.

"당신이나 레스트레이드 같은 인물이 둘이나 현장에 나와 있으니, 제삼자가 조사할 것은 별로 없을 것 같군요."

그가 말했다.

그렉슨은 만족스러운 듯 두 손을 비볐다.

"우리가 할 수 있는 건 모두 한 것 같습니다."

그가 대답했다.

"하지만 이건 기묘한 사건이라서, 홈즈 씨 취향에 맞으리라 생각했지요."

"마차를 타고 오지 않았습니까?"

셜록 홈즈가 물었다.

"네."

"레스트레이드도?"

"네, 그렇습니다."

"그러면, 가서 방을 살펴봅시다."

엉뚱한 질문을 하고 난 뒤, 그는 집 안으로 성큼성큼 들어갔다. 그 뒤를 따르는 그렉슨은 알 수 없다는 표정을 지었다.

바닥에 아무 것도 깔려있지 않고 먼지가 가득한 짧은 통로는 주방과 가사실[26]로 이어졌다. 그곳에는 왼쪽과 오른쪽에 두 개의 문이 있었다. 그중 하나는 몇 주 동안 닫힌 채로 있던 것이 확실했다. 다른 하나는 식당으로 통하는 문이었고, 거기가 바로 수수께끼 같은 사건이 일어난 곳이었다. 홈즈는 그 안으로 걸어 들어갔고 나도 따라 들어갔는데, 시체가 있다는 생각 때문에 내 마음은 무거웠다.

그곳은 커다란 사각형 방으로, 가구가 전혀 없었기 때문에 더욱 넓어보였다. 벽은 저속하고 번들거리는 벽지로 장식되어 있었는데 여기저기에 곰팡이로 얼룩져 있었고, 군데군데 벽지가 커다랗게 찢어져 나가거나 늘어져 있어서 누런 회반죽벽이 드러나 보였다. 입구 반대쪽에는 거창하게 꾸민 벽난로가 있었고 흰색 모조 대리석으로 만든 벽로 선반이 위에 얹혀 있었다. 그 선반 한쪽 구석에는 타고 남은 붉은 양초의 밑동이 들러붙어 있었다. 하나 뿐인 창문은 너무도 더러웠고, 그것을 통해서 들어오는 빛은 흐릿하고 희미해서 모든 사물이 탁한 회색빛으로 물들어 있었다. 방 안 전체가 두터운 먼지로 한 겹 뒤덮여 있었기에 더욱 그랬다.

이 모든 자세한 설명은 나중에 내가 관찰한 것이었다. 당장 내 시

---

26 가사실(家事室) : 헛간이나 세탁장, 식료품실 등을 말함.

선이 집중된 곳은 하나, 아무런 움직임이 없는 끔찍한 형상이었다. 그는 바닥에 길게 누운 채 보이지 않는 눈으로 탈색된 천장을 공허하게 응시하고 있었다. 마흔 셋에서 마흔 넷 정도 나이의 남자였고, 중간 키에 어깨는 넓었으며 곱슬곱슬한 검은 머리카락에 짧고 억센 턱수염이 있었다. 두터운 고급 모직 프록코트[27]에 조끼를 받쳐 입었고, 바지는 옅은 색이었으며 칼라와 소매는 깨끗했다. 그 옆 바닥에는 잘 손질된 실크 모자가 놓여있었다. 두 손은 꽉 쥐고 있었고 팔은 넓게 벌리고 있었지만, 죽음에 맞선 사투가 무척이나 고통스러웠던 듯 두 다리는 서로 꼬여 있었다. 그의 굳어진 얼굴에는 공포의 표정이 서려 있었는데, 그건 내가 인간의 얼굴에선 한 번도 보지 못했던 원한의 표정인 것도 같았다. 이 악마적이고 끔찍하게 뒤틀린 얼굴은 그의 좁은 이마와 낮은 코, 튀어나온 턱과 결합해, 특이하게도 유인원이나 원숭이와 같은 인상을 주고 있었다. 비틀리고 부자연스런 자세 때문에 더욱 그랬다. 나는 수많은 형태의 죽음을 봐왔지만, 런던 주변의 주요 간선도로 중 하나를 마주보고 있는 이 어둡고 지저분한 방에서 본 것만큼 무시무시한 모습은 이제껏 없었다.

언제나처럼 깡마르고 족제비 같은 얼굴을 한 레스트레이드가 출입구에 서 있다가 내 동료와 나에게 인사를 했다.

"이건 대단한 사건이 될 것 같습니다."

그가 말했다.

"이런 건 전에 한 번도 본 적이 없어요. 제가 애송이도 아닌데 말

---

27 frock coat : 프록코트는 18세기 말에서 19세기까지 영국 일반 남성들이 착용한 무릎까지 내려오는 긴 웃옷을 말한다.

입니다."

"단서는 없나?"

그렉슨이 물었다.

"전혀."

레스트레이드는 무덤덤하게 말했다.

셜록 홈즈는 시체에 가까이 가서 무릎을 꿇고 검사에 열중했다.

"상처가 없는 건 확실합니까?"

그는 주위에 온통 튀어있는 수많은 핏자국과 얼룩을 가리키며 물었다.

"그렇습니다!"

두 형사가 동시에 외쳤다.

"그렇다면 물론, 이 피는 제2의 인물, 아마도 살인자의 것입니다. 살인이 일어났다면 말이지요. 1834년, 위트레흐트[28]에서 벌어진 반 얀센 살인 사건의 상황이 떠오르는군요. 그렉슨, 그 사건을 기억합니까?"

"모르겠습니다."

"읽어 보시지요. 꼭 봐야합니다. 태양 아래 새로운 것은 없지요. 모든 일은 이전에 있었던 일입니다."

그는 이렇게 말하며, 민첩한 손가락으로 여기, 저기, 모든 곳을 만져보고, 눌러보고, 단추를 풀어서 살펴보고, 검사했다. 그러는 동안 그의 눈은 전에 말했던 것처럼 꿈꾸는 듯한 표정이었다. 검사는 아

---

28 Utrecht : 네덜란드 남서부에 위치한 도시.

주 신속하게 끝났기 때문에, 그가 세밀하게 관찰했다는 것을 누구도 짐작할 수 없었다. 마지막으로 죽은 남자의 입술에 코를 대고 냄새를 맡은 다음, 에나멜가죽 구두 밑창을 흘긋 들여다보았다.

"시체를 조금도 움직이지 않았죠?"

그가 물었다.

"우리가 조사하는 데 필요한 만큼만 움직였을 뿐입니다."

"이제 시체 안치소로 옮겨도 좋습니다."

그가 말했다.

"더 이상 알아야 할 것이 없군요."

그렉슨은 들것과 남자 네 명을 대기시켜 놓고 있었다. 호출을 받고 방 안에 들어온 남자들은 시체를 들어서 옮겼다. 시체를 들어 올리는 순간, 반지 하나가 딸랑하며 떨어져 바닥을 굴러갔다. 레스트레이드가 그걸 집어 들고 어리둥절한 눈으로 빤히 쳐다보았다.

"여기에 여자가 다녀갔습니다."

그가 외쳤다.

"이건 여자의 결혼반지입니다."

이렇게 말하며, 그는 손바닥 위에 올려놓고 내밀어 보였다. 우리 모두는 그의 주위에 모여서 반지를 살펴보았다. 한때는 신부의 손가락을 장식했을 소박한 금반지가 틀림없었다.

"이건 사건을 더 복잡하게 만드는군요."

그렉슨이 말했다.

"세상에, 그렇지 않아도 복잡한데."

"단순해지는 게 아니라고 확신합니까?"

홈즈가 말했다.

"그걸 들여다보고 있어봐야 알 수 있는 건 없습니다. 주머니에서는 뭐가 나왔지요?"

"모두 여기 있습니다."

그렉슨이 계단 아래 칸에 어수선하게 놓아둔 물건을 가리키며 말했다.

"금시계, 런던 바로드 제품, 번호는 97163. 무게가 꽤 나가는 순금 시계줄. 프리메이슨29 문장이 있는 금반지. 눈이 루비로 된 불도그 머리 모양 금핀. 러시아제 가죽 명함 지갑. 이 안에는 클리블랜드 시, 이노크 J. 드리버의 명함이 들어있는데, 셔츠에 있는 머리글자 E. J. D.와 부합됩니다. 지갑은 없었고 잔돈은 다해봐야 7파운드 13실링. 면지30에 조셉 스탠거슨이라는 이름이 적힌 보카치오의 《데카메론》31 문고판. 편지 두 장. 하나는 E. J. 드리버 앞으로 되어있고, 다른 한 통은 조셉 스탠거슨 앞으로 되어있습니다."

"주소는?"

"스트랜 가(街), 아메리칸 거래소이고, 본인이 찾으러 올 때까지 보관하라고 적혀있습니다. 두 통 모두 기온 선박회사에서 온 것이고, 그 회사의 배가 리버풀에서 출항하는 것에 대해 언급하고 있지

---

29 18세기 초, 영국에서 설립된 단체. 세계 동포주의, 인도주의적 우애를 목적으로 한다. Free and Accepted Masons.

30 책의 앞뒤 표지 뒷면에 붙어 있는 여백의 종이면

31 보카치오(Giovanni Boccaccio, 1313-1375)는 이탈리아의 소설가. 《데카메론(Decameron)》은 그가 쓴 단편소설집이다. 《데카메론》은 10일간의 이야기란 뜻으로, 단테의 《신곡(神曲)》에 견주어 《인곡(人曲)》이라고도 불린다.

요. 이 불운한 남자는 뉴욕으로 돌아가려 했던 것이 틀림없습니다."

"이 스탠거슨이라는 사람에 대해 조사했습니까?"

"곧장 했지요."

그렉슨이 말했다.

"모든 신문에 광고를 냈고, 부하 한 명을 아메리칸 거래소로 보냈습니다만, 아직 돌아오지 않았습니다."

"클리블랜드에도 연락했습니까?"

"오늘 아침에 전보를 쳤습니다."

"뭐라고 문의했나요?"

"상황을 간략하게 전하고, 도움이 될 만한 정보라면 어떤 것이라도 고맙겠다고 적었습니다."

"중요하다고 생각하는 점을 상세히 묻지는 않았나요?"

"스탠거슨에 대해 물어봤습니다."

"그 밖에는? 사건 전체를 좌우할 수 있는 내용은 없습니까? 다시 전보를 칠 건 아니지요?"

"제가 해야 할 말은 다 했습니다."

그렉슨은 불쾌한 목소리로 말했다.

셜록 홈즈는 혼자서 싱글벙글 웃으며 무언가 이야기를 하려했는데, 우리가 현관에서 이런 대화를 하고 있는 동안 거실에 있던 레스트레이드가 거만하고 만족스럽다는 모습으로 두 손을 비비며 나타났다.

"그렉슨 씨."

그가 말했다.

"방금 아주 중대한 발견을 했습니다. 내가 벽을 주의 깊게 조사하지 않았더라면, 그냥 지나쳐버리고 말았을 겁니다."

몸집이 작은 사내는 눈을 반짝이며 이렇게 말했다. 자신의 동료에 비해 한 점 앞섰다는 기쁨을 억누르고 있는 것이 틀림없었다.

"이쪽으로 오십시오."

그는 이렇게 말하며 서둘러 방 안으로 들어갔다. 안에 있던 소름 끼치는 시체를 옮긴 뒤라 방의 분위기가 밝아진 듯했다.

"자, 거기 서십시오!"

그는 구두에 성냥을 그어 켜고는 벽을 향해 비추었다.

"이걸 보십시오!"

그는 의기양양하게 말했다.

앞에서 말했듯이 벽지가 떨어져 나간 곳이 군데군데 있었다. 특히 방 한쪽 구석에는 넓은 면이 떨어져나가, 누렇고 거친 회반죽벽이 정사각형으로 드러나 있었다. 이 드러난 부분에 핏빛 붉은 글씨로 단 한 단어가 휘갈겨 쓰여 있었다.

RACHE

"어떻습니까?"

그 형사는 공연을 하는 연기자처럼 큰소리로 말했다.

"여긴 방에서 가장 어두운 구석이었기 때문에 못보고 지나친 겁니다. 아무도 볼 생각을 안했지요. 살인범은 이걸 자신의 피로 썼습니다. 흘러내린 이 자국을 보십시오! 어쨌든 이걸로 자살이라는 의견은 버려야합니다. 왜 저 구석을 골라서 썼을까요? 제가 말씀 드리지요. 벽난로 선반 위의 양초를 보십시오. 그때에는 양초가 켜져 있었고, 불이 켜져 있었기 때문에 여기가 벽에서 가장 어두운 부분이 아니라 가장 밝은 부분이었던 겁니다."

"그런데 이걸 찾아냈다는 게 지금 무슨 의미가 있습니까?"

그렉슨이 깎아내리겠다는 말투로 물었다.

"의미? 아, 그건 이걸 쓴 작자가 여자이름 레이첼(Rachel)을 쓰려고 했는데, 그 작자가 남자든 여자든 간에 뭔가 일이 있어서 그만 뒀다는 걸 의미하는 거지요. 내 말을 기억해두십시오. 이 사건이 해결되고 나면 레이첼이란 이름의 여자가 관계되었다는 걸 알게 될 겁니다. 셜록 홈즈 씨, 웃어도 좋습니다. 당신이 아주 유능하고 머리가 좋다고 하지만, 뭐니뭐니해도 결국에는 노련한 사냥개가 최고란 겁니다."

"정말 미안하군요!"

갑자기 웃음을 터뜨려 그 작은 남자를 화나게 한 내 동료가 말했다.

"우리들 중 처음으로 이것을 발견한 것은 분명 자랑스러운 일이지요. 당신 말대로, 이건 지난 밤 사건에 관련된 인물이 쓴 것이 확실합니다. 나는 아직 이 방을 조사할 시간이 없었는데, 허락하신다면 지금 해보고 싶군요."

그는 이렇게 말하며 주머니에서 줄자와 커다랗고 둥근 확대경을 꺼내 쥐었다. 이 두 가지 도구를 가지고 그는 방안을 소리도 없이 빠른 속도로 걸어 다녔다. 가끔은 서 있기도 하고, 때로는 무릎 꿇기도 하고, 한 번은 납작하게 엎드리기도 했다. 자신의 일에 완전히 몰두

해서 우리가 있다는 것조차 잊어버린 듯 내내 혼자서 낮은 목소리로 중얼거렸고, 희망과 용기를 북돋우는 감탄사, 신음소리, 휘파람, 작은 외침 소리를 계속해서 쏟아냈다. 그 모습을 보고 있다 보니, 잘 훈련된 순종 폭스하운드[32]가 놓쳐버린 냄새를 찾을 때까지 열심히 낑낑대며 사냥감의 은신처를 앞으로 갔다 뒤로 갔다 하며 뛰어다니는 모습을 떠올릴 수밖에 없었다. 그의 조사는 20분 정도 계속되었는데, 나에게는 전혀 보이지 않는 자국과 자국 사이의 간격을 면밀하게 자로 재었고, 가끔씩은 역시 이해할 수 없는 방식으로 줄자를 벽에 대고 조사하기도 했다. 어떤 곳에서는 바닥에 있는 소량의 회색 먼지덩이를 매우 조심스럽게 긁어모아 봉투에 넣고 접어서 보관하기도 했다. 마지막으로 그는 벽에 있는 글자를 확대경으로 한 자한 자 세밀하고 정확하게 조사했다. 일을 끝내고, 그는 만족한 듯 줄자와 확대경을 주머니에 다시 집어넣었다.

"천재란 고생을 한없이 참아내는 능력이란 말이 있지요."

그는 미소를 지으며 말했다.

"아주 서투른 정의이긴 하지만, 탐정일에도 적용되는 말입니다."

그렉슨과 레스트레이드는 적지 않은 호기심과 경멸이 섞인 표정으로 아마추어 동료가 하는 행동을 바라보고 있었다. 그들은 잘 파악하지 못하고 있음이 분명했지만, 나는 셜록 홈즈의 사소한 행동들은 모두가 어떤 분명하고 실제적인 목적을 향하고 있다는 걸 깨닫고 있었다.

---

32 영국산 사냥개. 주로 여우 사냥에 쓰이며 후각이 예민하다.

"어떻게 생각하시는 겁니까?"

두 사람이 물었다.

"내가 감히 돕겠다고 나서면 이 사건에 대한 여러분의 공로를 빼앗아가는 것이 되겠지요."

내 친구가 말했다.

"지금 여러분이 이렇게 잘하고 있는데, 다른 사람이 끼어드는 건 유감스러운 일입니다."

그가 말하는 목소리에는 비아냥대는 투가 있었다.

"사건 수사가 어떻게 되어 가는지 알려주시면."

그는 계속해서 말했다.

"기꺼이 도와드리도록 하겠습니다. 그동안에 나는 시체를 발견한 경관과 이야기해보고 싶군요. 이름과 주소를 알려주시겠습니까?"

레스트레이드는 수첩을 힐끗 들여다봤다.

"존 랜스입니다."

그가 말했다.

"지금 근무중이 아니군요. 케닝턴 파크 게이트, 오들리 코트 46번지에 가면 만날 수 있을 겁니다."

홈즈는 주소를 수첩에 적었다.

"가세. 의사 선생."

그가 말했다.

"가서 그 친구를 만나 보세나. 두 분께 이 사건에 대해서 한 가지 도움이 될 만한 걸 알려드리지요."

그는 두 형사에게로 돌아서며 말을 이었다.

"이곳에서 살인사건이 있었고, 살인범은 남자입니다. 그 남자는 키가 6피트 이상의 장년이고, 키에 비해 발이 작으며, 구두코가 네모난 싸구려 구두를 신었고, 트리치노폴리[33]를 피웁니다. 사륜마차를 타고 피해자와 함께 이곳에 왔는데, 마차를 끄는 말의 편자는 세 개는 낡은 것이고 앞발 하나만 새 것이지요. 살인자의 얼굴은 불그스레하고, 오른손 손톱이 눈에 띄게 길 가능성이 높습니다. 지적한 것이 몇 가지뿐이긴 해도, 여러분에게 도움이 될 겁니다."

레스트레이드와 그렉슨은 서로를 바라보며 쉽사리 믿기지 않는다는 웃음을 지었다.

"이 남자가 타살 당한 거라면, 어떻게 죽은 겁니까?"

레스트레이드가 물었다.

"독이죠."

셜록 홈즈는 짧게 말하고는 성큼성큼 걸어 나갔다.

"레스트레이드, 한 가지 더 말하지요."

그는 문 앞에서 돌아보며 덧붙였다.

"라헤(Rache)는 독일어로 〈복수(revenge)〉란 뜻입니다. 그러니 레이첼 양을 찾느라 시간을 낭비하지 마십시오."

이렇게 마지막 화살을 날리고 그는 나가버렸고, 뒤에 남은 두 경쟁자는 입을 벌린 채 다물지 못했다.

---

33 Trichinopoly : 인도산 엽궐련(담뱃잎을 통째로 돌돌 말아서 만든 담배).

제4장
존 랜스의 이야기

우리가 로리스턴 가든 3번지를 떠난 시간은 1시였다. 셜록 홈즈는 나를 데리고 가장 가까운 전신국으로 가서 긴 내용의 전보를 쳤다. 그다음엔 마차를 불러세우고는 마부에게 레스트레이드가 알려준 주소로 가자고 했다.

"직접 듣는 증언이 가장 좋지."

그가 말했다.

"사실, 이 사건에 대해서 나는 완전히 마음을 굳혔다네. 하지만 알아야 할 것은 모두 알아내는 편이 좋은 거니까."

"놀랍네, 홈즈."

내가 말했다.

"그 세세한 모든 내용을 자네는 확실한 것처럼 얘기했지만, 정말 그렇게 확신하는 건 아니지 않은가."

"그건 틀릴 리가 없네."

그가 대답했다.

"그곳에 도착해서 내가 제일 먼저 본 것은 보도 연석 가까이에 난 두 줄의 마차 바퀴 자국이었지. 지난밤까지 일주일 동안 비가 오지 않았으니까, 그렇게 깊은 바퀴자국은 밤사이에 생긴 것이 틀림없네. 말발굽 자국도 역시 있었는데, 그중에 자국 하나가 다른 세 개의 자국보다 윤곽선이 훨씬 뚜렷했기 때문에 새 것이라는 걸 알 수 있었어. 비가 내리기 시작한 이후에 마차가 왔고, 그렉슨의 말이 증명하고 있듯이 아침에는 마차가 오지 않았네. 그렇다면 당연히 마차는 밤 동안에 온 것이어야만 하고, 그렇기 때문에 두 사람이 마차를 타고 집에 왔다는 결론이 나오는 걸세."

"간단해 보이는군."

내가 말했다.

"하지만 다른 남자의 키는 어떻게 알았나?"

"아, 열에 아홉은 보폭의 길이를 통해 사람의 키를 알 수 있네. 간단한 계산이지만, 숫자로 자네를 지루하게 할 필요는 없겠지. 바깥에 있는 진흙과 집안의 먼지 위에 남은 자국을 보고 그 친구의 보폭을 알 수 있었네. 그리고 내 계산을 확인해볼 수도 있었지. 사람이 벽에 글을 쓸 때는 본능적으로 자신의 눈높이 위쪽에 쓰게 되거든. 그 글씨는 바닥에서 꼭 6피트 되는 곳에 있었네. 이 정도는 아주 쉬운 일이야."

"그러면 나이는?"

내가 물었다.

"음, 힘을 들이지 않고 4피트 반[34] 보폭으로 걸을 수 있는 사람이라면 분명 노인이 아니라는 거지. 정원길에 있던 웅덩이의 폭이 그 길

---

34 약 1.37미터

이인데, 그가 걸어서 넘은 것이 틀림없네. 에나멜 구두는 돌아서 갔고, 구두코가 네모난 쪽은 넘어 갔어. 불가사의한 비법 같은 건 전혀 없네. 내가 그 기사에서 주장했던 관찰과 추론의 법칙 몇 가지를 그저 일상생활에 적용한 것뿐이지. 더 궁금한 것은 없나?"

"손톱과 트리치노폴리는?"

내가 물었다.

"벽에 쓴 글씨는 사람의 검지에 피를 찍어서 쓴 것이네. 확대경으로 보았더니 글을 쓰면서 약간 긁힌 자국이 회반죽벽에 있더군. 그 남자의 손톱이 짧게 정돈되어 있었다면 생기지 않았겠지. 나는 바닥에 흩어져 있던 재를 긁어모았네. 색이 진하고 얇은 조각 모양이었는데, 그건 오직 트리치노폴리에서만 나오는 재이거든. 나는 담뱃재에 대해서 전문적으로 연구를 했고, 사실 그 주제로 논문을 쓰기도 했다네. 이건 내 스스로 자랑할 만한데, 시가이든 궐련이든 이미 나와 있는 상품이라면, 재를 슬쩍 보기만 해도 구별해낼 수 있지. 바로 이러한 세밀한 점에서 노련한 탐정이 그렉슨이나 레스트레이드 같은 유형과 차이가 나는 거라네."

"그럼 불그스레한 얼굴은?"

내가 물었다.

"아, 그건 좀 과감한 주장이긴 했지만, 내가 옳으리란 건 틀림없어. 현재 상황에서는 그 질문에 답하지 않는 것이 좋겠네."

나는 이마에 손을 올렸다.

"머리가 빙빙 도는군."

내가 말했다.

"생각하면 생각할수록 수수께끼가 더욱 커져가는군. 거기에 두 남자가 있었다면, 어떻게 빈집 안으로 들어간 걸까? 그들을 태워다 준 마부는 어떻게 되었을까? 한 남자가 다른 남자에게 어떻게 강제로 독을 먹인 걸까? 그 피는 누가 흘린 걸까? 강도질과는 관련이 없으니, 살인의 목적은 무엇이었을까? 여자 반지는 어째서 거기에 있는 걸까? 무엇보다도, 제2의 인물이 도주하기 전에 독일어로 RACHE 라고 쓴 이유는 무엇일까? 솔직히 말하자면, 나는 이 모든 사실을 짜맞출 방법이 전혀 보이지 않네."

내 동료는 만족하다는 듯 미소를 지었다.

"이 사건의 어려운 점을 간결하고 훌륭하게 요약해주었군. 아직 모호한 점이 많이 있네. 중요한 사실에 대해서는 판단을 내렸지만 말이야. 어설픈 레스트레이드가 발견한 것에 대해서 말하자면, 사회주의 운동이나 비밀단체를 암시함으로써 경찰을 잘못된 방향으로 이끌려는 속임수인 거지. 그건 독일인이 쓴 것이 아닐세. 자네도 봤겠지만, A자가 독일식으로 적혀있었네. 진짜 독일인은 언제나 라틴어식으로 쓰거든. 그래서 우리는 그것을 쓴 사람이 독일인이 아니라고 확실하게 얘기할 수 있는 거야. 자신의 재능을 과신하고 서투르게 모방한 것에 불과하지. 이건 그저 수사의 방향을 다른 쪽으로 돌리려는 계략이라네. 의사 선생, 이 사건에 대해서는 더 이상 말하지 않으려네. 마술사가 그의 기술을 한 번 설명해주고 나면, 명성을 잃어버리거든. 내가 일하는 방법을 자네에게 너무 많이 알려주면, 결국에는 내가 아주 평범한 인물이라는 평가를 내리게 될 걸세."

"절대 그렇지 않아."

내가 대답했다.

"자네는 추리를 정밀과학에 근접시키고, 더 이상 나아갈 수 없는 경지에 올렸네."

내 동료는 내 말과 진심을 담아서 말하는 내 모습을 보고, 기뻐서 얼굴을 붉혔다. 소녀가 예쁘다는 말을 들으면 좋아하듯이, 그 역시 자신의 솜씨로 성공을 이뤘을 때 치켜세워주면 민감하게 반응한다는 것을 나는 이미 알고 있었다.

"한 가지 더 말해주겠네."

그가 말했다.

"에나멜 구두와 네모난 구두코는 같은 마차를 타고 와서, 친구처럼 팔짱을 끼고 통로를 따라 들어갔어. 들어가서는 방 안을 왔다 갔다 했지. 아니, 에나멜 구두는 가만히 서 있었고 네모난 구두코가 방 안을 왔다 갔다 했네. 그 모든 걸 먼지를 보고 알 수 있었는데, 그는 걸으면서 점점 더 흥분했어. 보폭이 늘어난 것을 보고 알았네. 걷는 동안 내내 말을 했고, 점점 고조되면서 격분한 것이 틀림없어. 그 다음에 참극이 일어난 거지. 이제 내가 아는 건 자네에게 모두 말했네. 나머지는 그저 추측과 짐작일 뿐이야. 하지만, 일을 시작할 훌륭한 기틀을 가지고 있네. 서둘러야겠군. 오늘 오후에 노만 네루다[35]를 들으러 할레 콘서트에 가고 싶으니까 말이야."

이런 대화를 하는 동안 우리가 탄 마차는 길게 이어지는 지저분

---

35 빌헬미나 노만 네루다(Wihelmina Norman Neruda, 1839-1911) : 체코 출신의 바이올리니스트. 어려서부터 신동으로 이름을 날렸고, 〈바이올린의 요정〉이라 불린 당대 최고의 연주자이다.

한 거리와 황량한 샛길을 헤치고 지나갔다. 마부는 그중 가장 지저분하고 황량한 거리에 이르자 갑자기 마차를 멈추어 섰다.

"저기가 오들리 코트입니다."

그는 우중충한 색깔의 벽돌집이 늘어선 사이로 나있는 좁은 틈을 가리키며 말했다.

"돌아오실 때까지 기다리겠습니다."

오드리 코트는 기분 좋은 곳이 아니었다. 좁은 골목 안쪽으로 들어가면 포석이 깔린 네모난 공간이 있었고, 그 주위로 지저분한 집들이 줄지어 늘어서 있었다. 우리는 더러운 아이들이 모여 있는 곳을 지나고, 변색된 속옷이 내걸린 곳을 지나 46번지에 도착했다. 그집 문에는 랜스의 이름이 새겨진 작은 청동판이 달려있었다. 물어보니 그 순경은 자고 있었고, 우리는 작은 객실로 안내되어 그가 올 때까지 기다렸다.

그는 곧 나타났는데, 자는 걸 방해해서 좀 기분 나쁜 표정이었다.

"경찰서에서 보고서를 제출했습니다."

그가 말했다.

홈즈는 반 파운드 금화를 주머니에서 꺼내서 곰곰이 생각에 잠긴 채 만지작거렸다.

"자네에게 직접 듣는 편이 나을 것 같다고 생각했네."

홈즈가 말했다.

"제가 아는 건 뭐든지 기꺼이 말씀드리지요."

경관은 작고 둥근 금붙이를 바라보며 대답했다.

"자네가 사건을 본 대로, 모든 걸 들려주게."

랜스는 말총으로 만든 소파에 앉아, 아무 것도 빠뜨리지 않고 얘기하려고 결심한 듯 이마를 찌푸렸다.

"처음부터 말씀드리겠습니다."

그가 말했다.

"제 근무시간은 밤 10시에서 아침 6시까지입니다. 11시에 화이트 하트[36]에서 싸움이 있었지만, 그걸 제외하면 담당 구역을 순찰하는 동안 조용하기 이를 데 없었지요. 비는 1시에 내리기 시작했고, 그때 해리 머처를 만났습니다. 홀랜드 그로브 구역을 담당하는 친구인데, 우리는 헨리에타 가(街) 모퉁이에 서서 얘기를 나눴지요. 얼마 지나지 않아서, 그러니까 두 시쯤인가 두 시 조금 넘었을 때인가, 저는 브릭스턴 로에 이상이 없는지 돌아봐야겠다는 생각이 들었습니다. 정말 심술궂은 날씨에 황량하기 그지없었어요. 길을 가는 동안 사람은 한 명도 없었고, 마차가 한두 대 지나갈 뿐이었죠. 우리끼리 하는 말입니다만, 이럴 때 따뜻한 진이나 한 잔 했으면 얼마나 좋을까 생각하며 순찰하던 중이었는데, 문득 그 집 창문에서 불빛이 보이더군요. 로리스턴 가든에 있는 두 집은 비어있다는 걸 저는 알고 있었습니다. 이전에 살았던 사람이 그 두 집 중 하나에서 장티푸스로 죽었는데도 집주인이 배수구를 소독하지 않아서였지요. 그렇기 때문에 창문에 불빛이 있는 걸 보고 깜짝 놀라며 무언가 잘못되었다는 의심이 들더군요. 문 앞으로 갔을 때······."

"자네는 걸음을 멈추고 정원 입구로 돌아갔지."

---

36 술집 이름.

내 친구가 끼어들었다.

"왜 그런 건가?"

랜스는 펄쩍 뛸 정도로 놀라더니, 완전히 망연자실한 표정으로 셜록 홈즈를 쳐다보았다.

"아, 그건 맞습니다."

그가 말했다.

"하지만 그걸 어떻게 아셨는지, 오직 하늘만 아는 일인데요. 아시다시피, 문 앞으로 갔는데 너무도 조용하고 너무도 인적이 드물어서, 누군가 함께 있으면 좀 나을 거라고 생각했습니다. 저는 이승에서라면 무서울 것이 없는 사람이지만, 어쩌면 장티부스로 죽은 사나이가 자신을 죽게 만든 배수구를 살펴보고 있을지도 모른다는 생각이 들었지요. 그 생각을 하니 겁이 확 나서, 혹시 머처의 랜턴 불빛이 보이지 않을까 해서 입구까지 돌아간 거죠. 그런데 그 친구는 보이지 않았고, 다른 사람도 하나 없었습니다."

"길거리에 아무도 없었나?"

"한 명도 없었어요. 개 한 마리 없었습니다. 그래서 저는 마음을 가라앉힌 다음 다시 돌아가서 문을 밀어서 열었지요. 집안은 조용했기에 불빛이 나오는 방으로 들어갔습니다. 벽난로 선반 위에 양초가, 빨간 양초가 깜박이고 있었는데, 그 불빛으로 제가 본 것은……."

"음, 자네가 본 것은 모두 알고 있네. 방 안을 몇 번 돌아다닌 뒤에 시체 옆에 무릎 꿇고 앉았지. 그 다음엔 방을 나가 주방문을 열려고 했고, 그 다음엔,"

존 랜스는 겁에 질린 얼굴로 튀어 오르듯 일어나더니, 의혹 어린

시선으로 바라보았다.

"어디에 숨어서 보고 있던 거요?"

그가 소리쳤다.

"너무도 많은 걸 알고 있는 것 같은데요. 당신은 모를 일인데 말입니다."

홈즈는 웃으며, 탁자 건너에 있는 경관에게 명함을 던졌다.

"나를 살인범으로 체포하지는 말게나."

그가 말했다.

"나는 사냥개이지 늑대는 아니라네. 그 점에 대해선 그렉슨과 레스트레이드가 얘기해줄 걸세. 그럼 계속해 보게. 그 다음엔 무엇을 했지?"

랜스는 의자에 다시 앉았지만 여전히 어리둥절한 표정이었다.

"입구로 돌아가서 호각을 불었습니다. 머처와 다른 두 명이 현장에 도착했지요."

"그때도 거리에 아무도 없었나?"

"글쎄요, 적어도 도움이 될 만한 사람은 하나드 없었습니다."

"무슨 말인가?"

경관은 이를 드러내고 크게 웃었다.

"근무하면서 수많은 주정뱅이를 봐왔습니다만."

그가 말했다.

"그 녀석만큼 심한 주정뱅이는 처음 봤어요. 제가 나갔을 때 입구에 있었는데, 난간에 기대서서 〈콜롬바인의 새로운 깃발〉이던가 뭐 그런 노래를 목청껏 악을 쓰며 노래하고 있었습니다. 서 있지도 못하니, 도울 수가 없었죠."

"어떤 사람이었는데?"

셜록 홈즈가 물었다.

존 랜스는 주제에서 벗어난 일이라 좀 짜증이 난 듯했다.

"보기 드물 정도로 취한 남자였지요."

그가 말했다.

"우리가 일이 없었다면 그 남자를 경찰서로 데려갔을 겁니다."

"얼굴이나 옷차림은 보지 못했나?"

홈즈가 가만있지 못하고 끼어들었다.

"머처와 같이 양쪽에서 부축해서 일으켜 세웠으니 보기야 봤지요. 붉은 얼굴에 키가 큰 녀석이었고, 얼굴 아래쪽은 목도리로 감싸고 있어서……."

"그정도면 됐네."

홈즈가 말했다.

"그 남자는 어떻게 되었지?"

"우리는 그 사람을 돌보는 것 외에도 할 일이 많습니다."

경관은 기분 나쁜 목소리로 말했다.

"무사히 집에 갔을 게 분명합니다."

"입고 있던 옷은?"

"갈색 오버코트입니다."

"손에 채찍을 들고 있던가?"

"채찍이요? 아닙니다."

"두고 온 것이 틀림없군."

내 동료가 중얼거렸다.

"그 후에 마차를 보거나 소리를 듣지 못했나?"

"아뇨."

"여기 반 파운드 금화를 받게나."

내 동료는 이렇게 말하고는 일어나 모자를 집어 들었다.

"미안하지만, 랜스. 자네는 경찰에서 절대 승진하지 못할 것 같네. 머리는 장식만이 아니라 쓰라고 있는 거야. 지난밤에 자네는 경사 계급장을 얻을 수도 있었네. 자네 손으로 부축했던 그 남자가 바로 이 사건의 열쇠를 쥐고 있는 인물이면서, 우리가 찾고 있는 인물이기도 하지. 지금 그런 걸 논해봐야 소용이 없지만, 그렇다는 걸 얘기해 주는 것뿐이네. 가세, 의사 선생."

쉽사리 믿지 못하면서도, 불편한 기색이 확연한 정보 제공자를 뒤로 남겨두고 우리는 마차를 향해 떠났다.

"서투른 바보 녀석!"

숙소로 돌아오는 마차에서 홈즈가 씁쓸하다는 듯 말했다.

"생각해 보게. 그런 엄청난 행운을 만나고도 기회를 잡지 못했다니 말이야."

"나는 아직 암흑 속에 있다네. 그 남자에 대한 설명이 자네가 생각한 이 사건의 두 번째 인물과 꼭 들어맞는 건 사실일세. 하지만 그 남자가 집을 떠났다가 왜 돌아온 건가? 범인이 할 만한 일이 아니네."

"이보게. 반지가 있잖은가, 반지. 그것 때문에 돌아온 걸세. 그를 잡을 다른 방법이 없다면, 그 반지를 미끼로 낚시를 할 수 있지. 나는 그자를 꼭 잡겠네. 의사 선생, 자네와 2대 1로 내기를 해도 좋아. 자네에게 이 모든 걸 감사해야겠군. 자네가 아니었으면 거기에 가지 않았을 테고, 내가 접했던 중 가장 훌륭한 연구를 놓쳤을 걸세. 주홍색[37] 연구, 어떤가? 우리가 예술 용어를 쓰질 못할 이유는 없겠지. 인생이란 무채색의 실타래에 범죄의 주황색 실이 감겨있네. 우리의 임무는 그걸 풀어내고, 분리해서 속속들이 밝혀내는 것이지. 자, 이제 점심을 먹고 노만 네루다를 보러 가세. 그녀의 연주와 활 쓰는 방법은 정말 훌륭하지. 그녀가 멋지게 연주하는 쇼팽의 소곡 제목이 뭐더라. 트라 라 라 리라 리라 레이."

마차 안에서 몸을 뒤로 기대며 아마추어 블러드하운드[38]는 종달새처럼 노래를 불러댔고, 나는 인간 정신의 수많은 단면에 대해 깊은 생각에 잠겼다.

---

37 주홍색(scarlet)은 죄악을 상징하는 색이다.
38 bloodhound : 영국산의 경찰견. 탐정, 형사라는 의미로도 쓰인다.

제5장
광고를 보고 온 방문객

오전의 활동이 내 약한 체력에는 큰 무리였기 때문에, 나는 오후 내 내 지쳐 쓰러져 있었다. 콘서트를 보러 홈즈가 떠난 뒤에 나는 소파 에 누워 두어 시간 정도 잠을 자려고 애썼다. 하지만 소용없는 일이 었다. 오전에 있었던 모든 일들로 내 정신은 극도로 흥분된 상태였 고, 괴상한 공상과 추측이 밀려들어왔다. 눈을 감을 때마다, 내 눈 에는 죽은 남자의 일그러진 얼굴, 비비[39] 같은 생김새가 떠올랐다. 그 얼굴이 나에게 준 인상이 너무도 사악했기 때문에, 그 남자를 이 세 상에서 제거해준 사람에게 감사하다는 마음 외엔 느끼지 못할 정도 였다. 만약 가장 극악무도한 인간의 얼굴 표본이 있다면, 바로 클리 블랜드의 이노크 J. 드리버일 것이다. 물론 나는 정의가 실행되어야 한다는 것을 알고 있고, 피해자가 악인이라고 해서 그를 해치는 범 죄가 법적으로 용납되는 건 아님을 알고 있다.

생각하면 생각할수록, 그 남자가 독살되었다는 내 동료의 가설은 더더욱 놀라운 것이었다. 나는 그가 죽은 남자의 입술에 코를 대고

---

39 비비 : 긴꼬리원숭이과 개코원숭이속 동물의 총칭.

냄새를 맡은 걸 기억하고 있는데, 그때에 무언가 그런 생각을 가져올 만한 것을 탐지했음이 틀림없었다. 만일 독이 아니라면, 상처도 없고 교살된 자국도 없는데 죽음의 원인이 무엇이란 말인가? 그런 반면, 마룻바닥에 두터울 정도로 깔려있는 피는 누구의 것일까? 그곳엔 싸움의 흔적도 없고 피살자가 상대방을 상처 입힐 만한 어떠한 무기도 없었다. 이 모든 의문이 해결되지 않는 한, 나도 홈즈도 쉽게 잠에 들기는 틀린 일이었다. 그의 침착하고 자신감 있는 태도를 보면, 이미 모든 사실을 설명할 수 있는 이론을 정립했다는 확신이 들지만, 그게 무엇인지 나로서는 당장 헤아릴 수가 없었다.

그는 아주 늦게 돌아왔는데, 그렇게 늦은 것은 콘서트 때문만이 아니라는 걸 나는 알 수 있었다. 저녁 식사는 그가 오기 전에 이미 탁자에 차려져 있었다.

"아주 훌륭했네."

의자에 자리 잡으며 그가 말했다.

"다윈이 음악에 대해 말한 걸 알고 있나? 인류가 음악을 연주하고 감상하는 능력은 말하는 능력이 생기기 훨씬 이전부터 존재했다고 주장했다네. 우리가 음악에 민감한 영향을 받는 이유는 아마도 그 때문일 걸세. 우리의 영혼 속에는 세상이 초기 단계일 때, 신비한 세기의 희미한 기억이 남아 있거든."

"그건 좀 대담한 생각인걸."

내가 말했다.

"자연을 이해하려면 자연만큼 대담한 생각을 가져야지."

그가 대답했다.

"무슨 일인가? 안색이 좋아 보이지 않는군. 브릭스턴 로 사건이 자네를 혼란에 빠지게 한 모양일세."

"사실을 말하자면, 그렇다네."

내가 말했다.

"아프간 전쟁의 경험으로 좀 무뎌졌어야 하는데 말이야. 나는 마이완드에서 내 전우가 난도질당하는 것을 보고도 정신을 잃지 않았다네."

"알겠네. 이 사건에는 상상력을 자극하는 불가사의한 면이 있지. 상상력이 없다면 공포도 없는 법이네. 석간신문을 봤나?"

"안 봤네."

"이 사건에 대해 꽤 괜찮은 기사가 있네. 그 남자의 시체를 들어올렸을 때 여자 결혼반지가 바닥에 떨어진 일은 언급하지 않았더군. 그건 잘된 일이야."

"어째서?"

"이 광고를 보게나."

그가 대답했다.

"오늘 아침, 나는 일을 마치자마자 모든 신문에 광고를 보냈다네."

그는 신문을 내게 건네주었고, 나는 그가 가리키는 곳을 쳐다보았다. 〈습득물〉란의 첫 번째 광고였다.

〈오늘 아침, 브릭스턴 로에서,〉

광고에는 이와 같이 시작하고 있었다.

〈장식이 없고 소박한 여성 금반지 습득. 화이트 하트 태번과 홀랜드 그로브 사이 도로에서 발견함. 오늘 저녁 8시에서 9시 사이, 베이

커 가, 221B, 의사 왓슨 선생에게 문의 바람.〉

"자네 이름을 사용해서 미안하네."

그가 말했다.

"내 이름을 쓰면 그 바보 같은 친구들이 알아보고, 이 일에 참견하려 할 걸세."

"괜찮네."

내가 대답했다.

"하지만 누군가가 찾아온다 해도, 나에겐 반지가 없잖은가."

"오, 아니지. 여기 있네."

그는 반지 하나를 내게 건네며 말했다.

"이만하면 충분하지. 거의 똑같은 모조품이야."

"그러면, 이 광고를 보고 누가 찾아오길 기대하는 건가?"

"아, 그 갈색 코트를 입은 남자, 네모난 구두코에 불그레한 얼굴을 한 친구라네. 그가 직접 오지 않는다면, 공범이라도 보낼 걸세."

"그건 너무 위험하다고 생각하지 않을까?"

"전혀 아닐세. 이 사건을 보는 내 관점이 정확하다면 말이야. 그리고 그렇게 믿는 데에는 여러 가지 이유가 있다네. 이 남자는 반지를 되찾기 위해서 어떤 위험이라도 무릅쓸 사람이지. 생각건대, 그가 드리버의 시체 위로 몸을 숙였을 때 떨어뜨렸을 테고, 그때는 몰랐던 거야. 집을 떠난 뒤 잃어버린 걸 알고는 서둘러 돌아갔지만, 이미 경찰이 와있었네. 어리석게도 양초를 켜놓고 나왔기 때문이었지. 입구에 있다가 의심을 받을까봐 그는 술에 취한 척해야 했네. 자, 그 남자의 입장에서 생각해보게. 그 일을 계속 생각하다보면, 그 집을 나와 길을 가다가 잃어버렸을 수도 있다는 생각도 분명 들었을 걸세. 그 다음엔 무엇을 하겠나? 희망을 갖고 석간신문 습득물 광고를 열심히 찾아보는 거지. 당연히 이 기사에 눈이 번쩍 뜨일 걸세. 미칠 듯이 기뻐하겠지. 어째서 함정이라고 겁내겠는가? 그가 보기엔 반지를 습득한 광고와 살인사건을 연결 지을 만한 이유가 전혀 없네. 오려고 하겠지. 올 걸세. 한 시간 안에 보게 될 거야."

"그러면, 그 다음에는?"

내가 물었다.

"오, 그 다음은 나에게 맡겨두게. 자네가 가진 무기가 있나?"

"오래된 군용 리볼버[40] 권총과 탄환이 몇 개 있네."

"자네는 그걸 좀 닦아서 장전해두는 게 좋겠군. 그는 무모하고 필사적인 인물일 거야. 물론 눈치 채지 못하는 사이에 내가 그를 잡을 테지만, 만일에 대비해 준비해두는 편이 좋은 거니까."

나는 내 침실로 가서 그의 충고대로 했다. 권총을 들고 돌아왔더니, 탁자는 치워져 있고 홈즈는 자신이 좋아하는 바이올린 연주를 하고 있었다.

"이야기가 점점 복잡해지고 있네."

내가 들어서자 그가 말했다.

"방금 미국에서 내가 보냈던 전보의 답장이 왔어. 내가 사건을 보는 시각이 옳았네."

"그러면 어떻게 된 건가?"

---

40 탄창이 회전하는 연발 권총.

나는 잔뜩 기대하며 물었다.

"내 바이올린도 새 줄로 바꾸면 나아질 텐데 말이야."

그가 말했다.

"권총은 주머니에 넣게. 그 친구가 오면 평상시처럼 얘기해야 하네. 나머지는 내게 맡겨둬. 너무 빤히 쳐다봐서 놀라게 하면 안 되네."

"이제 8시가 됐군."

나는 내 시계를 흘긋 쳐다보며 말했다.

"맞네. 그 자는 몇 분 내에 이리로 올 걸세. 문을 살짝 열어 두게. 그 정도면 됐네. 이제 열쇠를 안쪽에 꽂아두고. 고맙네! 이건 어제 노점에서 산 색다른 고서인데, 《국가 간의 법률》이란 책으로, 1642년, 저지대 나라[41], 리에주[42]에서 라틴어로 발간되었지. 이 작은 갈색 표지 책이 나왔을 때는 찰스 1세의 머리가 아직 어깨 위에 단단히 붙어있을 시기였어."

"발행인은 누군가?"

"필립 드 크로이. 어떤 인물인지는 모르네. 면지에 아주 빛바랜 잉크로 〈구리올미 화이트의 장서〉라고 적혀있지. 윌리엄 화이트가 누구인지 궁금하군. 내 생각엔, 자부심이 강한 17세기의 변호사였을 거야. 글씨에서 법률가다운 버릇이 보이는군. 우리가 기다리던 인물이 오는 것 같네."

그가 말하고 있을 때 벨이 날카로운 소리로 울렸다. 셜록 홈즈는

---

41 벨기에와 네덜란드. 여기서는 벨기에를 말함.

42 Liége : 벨기에 남동부에 있는 도시.

조용히 일어나 의자를 문 쪽으로 옮겼다. 하녀가 현관으로 나가는 소리가 들렸고, 빗장을 여는 날카로운 철컥 소리가 이어졌다.

"여기에 왔슨 의사 선생님이 살고 계시나요?"

또렷하지만 귀에 거슬리는 목소리가 물었다. 우리는 하녀의 대답을 듣지 못했지만, 문이 닫히고 누군가가 계단을 올라오고 있었다. 그 소리를 듣는 내 동료의 얼굴에는 놀라움의 표정이 스쳐지나갔다. 소리는 천천히 복도를 따라왔고, 힘없이 문을 두드리는 소리가 들려왔다.

"들어오십시오."

나는 큰소리로 말했다. 내 말을 듣고 방 안으로 들어온 사람은, 우리가 기대했던 난폭한 남자가 아니라 절룩거리며 걷는 주름투성이 노파였다. 노파는 갑작스런 불빛에 눈이 부신듯했는데, 무릎을 굽혀 인사하고는 우리를 향해 침침한 눈을 껌벅이고 서서, 불안하고 떨리는 손을 주머니에 넣은 채 무언가를 찾으려고 더듬거렸다. 내 동료를 힐끗 보았더니, 그의 얼굴에 수심에 잠긴 듯한 표정이 나타나 있었기에, 나는 그저 아무렇지도 않은 것처럼 있을 수밖에 없었다.

주름투성이 노파는 석간신문을 꺼내더니 우리가 낸 광고를 가리켰다.

"선량한 신사분들, 이걸 보고 찾았답니다."

노파는 또다시 무릎을 굽혀 인사하며 말했다.

"브릭스턴 로에 있던 결혼 금반지, 그건 이제 결혼한 지 꼭 열두 달이 되는 내 딸 샐리 것이지요. 그 애 남편은 유니온 기선에서 사환으로 일하고 있는데, 집에 돌아와서 반지가 없어진 걸 알면 뭐라

할지 생각조차 하기 싫어요. 정신이 멀쩡할 때도 성미가 급한데 술이라도 마시면 훨씬 더 한답니다. 세 분에나, 어젯밤에는 딸애가 서커스 구경을 갔다가…….”

“이게 따님 반지가 맞습니까?”

내가 물었다.

“하느님 감사합니다!”

노파가 소리쳤다.

“오늘 밤엔 샐리가 무척 기뻐하겠군요. 바로 그 반지랍니다.”

“그런데 주소가 어떻게 되시는지요?”

나는 연필을 집으며 물었다.

“하운즈디치, 던컨 가 13번지예요. 여기서는 지루할 정도로 먼 거리라지요.”

“하운즈디치에서 간다면 어떤 서커스라도 브릭스턴 로를 지나지 않습니다.”

셜록 홈즈가 날카롭게 말했다. 노파는 얼굴을 돌리며, 작고 붉게 충혈된 눈으로 그를 쪠려보았다.

“신사분이 물으신 것은 제 주소이지요.”

노파가 말했다.

“샐리는 펙헴, 메이필드 플래이스 3번지에 산답니다.”

“그럼 어르신 성함은?”

“나는 성이 소여이고, 딸 아이 성은 데니스이지요. 탐 데니스와 결혼했는데, 배에 있을 동안만은 빈틈없고 단정한 청년이에요. 회사에서도 그만한 사환은 없다고 생각하는데, 뭍에 올라오기만 하면 여자에다, 술집에다······."

"소여 부인, 여기 반지가 있습니다."

나는 내 동료의 신호에 따라 노파의 말을 가로막았다.

"따님 반지가 분명하군요. 제대로 주인을 찾다 돌아가게 되어서 저도 기쁩니다."

노파는 축복과 감사의 말을 수없이 중얼거리며 반지를 주머니에 넣고는, 발을 질질 끌며 계단을 내려갔다. 셜록 홈즈는 노파가 나가자마자 벌떡 일어나 자신의 방으로 뛰어 들어갔다. 잠시 후 얼스터 외투[43]와 목도리를 걸치고 나타났다.

"노파를 따라가겠네."

그는 서둘러 말했다.

"노파는 틀림없이 공범일거야. 따라가면 그 자를 찾을 수 있겠지. 내가 올 때까지 기다려주게."

방문객이 나가고 현관문이 쾅 소리를 내며 닫힘과 동시에 홈즈는 계단을 내려갔다. 창문 밖을 내다보니 노파가 기운 없이 건너편 길을 걸어가고 있었고, 홈즈는 조금 거리를 두고 뒤에서 따라가고 있었다.

"홈즈의 가설이 모두 틀렸거나,"

나는 속으로 생각했다.

"지금 수수께끼의 중심부로 들어가고 있거나, 둘 중 하나겠지."

홈즈는 나에게 기다리라고 부탁할 필요가 없었다. 왜냐하면, 그의 모험 결과를 듣기 전에는 잠들 수가 없을 것 같았기 때문이다.

---

43 품이 넓고 띠가 달린 긴 외투.

그가 나간 시각은 거의 아홉 시가 되어서였다. 나는 얼마나 있어야 돌아올지는 몰랐지만, 소파에 멍청히 앉아 파이프 담배를 피우고 앙리 뮈르제르의 《보헤미안의 생애》[44]을 훑어보았다. 열 시가 지나자 자러가는 하녀의 발소리가 또각또각 들려왔다. 열한 시가 되니, 역시 침실로 가는 하숙집주인 아주머니의 품위 있는 발소리가 내 문 앞을 지나갔다. 열두 시가 다되어서야, 그가 자물쇠를 여는 날카로운 소리가 들렸다. 나는 들어오는 그의 얼굴을 보는 순간, 성공하지 못했다는 걸 알았다. 재미있다는 표정과 분하다는 표정이 서로 싸우고 있는 듯했는데, 갑자기 재미가 승리를 거두었는지 호탕하게 웃기 시작했다.

"런던 경찰청에는 절대 이 일을 알려서는 안 되겠군."

그는 의자에 털썩 앉으며 큰 소리로 말했다.

"그들을 수없이 놀려왔으니, 절대 이 일을 잊지 않고 계속 얘기할 걸세. 나중에는 내가 되갚아줄 수 있으니까, 웃어도 상관없지만 말이야."

"그런데, 무슨 일인 건가?"

내가 물었다.

"오, 나한테 불리한 일이지만 얘기하지 못할 건 없네. 그 노파는 조금 가더니, 발을 절룩거리며 발이 무척 아픈 듯한 모습을 보이더군. 이내 멈춰서더니 지나가는 사륜마차를 불렀어. 나는 노파가 주

---

44 앙리 뮈르제르(Henri Murger)는 19세기 프랑스의 소설가. 〈보헤미안의 생애(Vie de Bohème)〉는 그가 쓴 소설이다. 오페라 라보엠(La Boheme)은 이 소설을 기초로 만들어졌다.

소를 말하는 걸 들으려고 가까이 붙었지만, 그렇게 애쓸 필요도 없었네. 〈하운즈디치, 던컨 가 13번지로 갑시다.〉라고 길 건너까지 들릴 정도로 크게 소리치더군. 나는 주소가 진짜였구나 생각하며, 노파가 마차 안에 탄 것을 확인하고서 마차 뒤에 매달렸네. 이건 모든 탐정이 숙련해야할 기술이지. 어쨌거나, 마차는 덜컹거리며 달려갔고, 문제의 거리에 도착할 때까지 절대 고삐를 당긴 적이 없었어. 그집 현관에 도달하기 전에 나는 마차에서 뛰어내려, 어슬렁거리며 느긋하게 거리를 따라 걸어갔네. 마차가 멈추더군. 마부가 뛰어내렸고, 나는 노파가 마차문을 열고 내리기를 기대하고 있었지. 아무도 내리지 않았네. 가까이 가보니, 마부가 텅 빈 마차 안을 미친 듯이 뒤지면서 내가 들어보지도 못한 대단하고 다채로운 욕설들을 토해내고 있더군. 승객은 흔적도 자취도 없었고, 마부가 요금을 받는 건 요원한 일 같았네. 마부와 같이 13번지에 가서 물어봤더니, 그 집은 케즈윅이라는 이름의 훌륭한 표구사가 사는 집이었고, 그곳에서 소여나 데니스라는 이름은 들어본 적이 없다는 거야"

"그러니까 자네 말은,"

나는 놀라서 소리쳤다.

"다리를 저는 힘없는 노파가 달리는 마차에서 빠져나갈 수 있었고, 마부도 자네도 못 봤다는 건가?"

"노파는 무슨 망할!"

셜록 홈즈는 격렬하게 말했다.

"속아 넘어간 우리가 노파인 걸세. 분명 젊고 활기찬 남자였네. 게다가 비할 데 없이 훌륭한 연기자였지. 변장은 흉내 낼 수 없을 정도야. 틀림없이 미행당할 것을 알고 나를 떼어버리기 위해 이 수법을 사용한 거지. 이건 우리가 쫓는 그자가 내가 생각한 것처럼 혼자가 아니라는 것을 보여주네. 그뿐만 아니라 그 자를 위해선 어떤 희생도 감수할 동료라는 것이지. 자, 의사 선생, 아주 피곤해 보이는군. 이제 들어가게나."

몹시도 피곤함을 느꼈던 나는 그의 권고대로 따랐다. 나는 연기 나는 불 앞에 앉아있는 홈즈를 남겨둔 채 자러갔다. 그는 오래도록 잠에 들지 않았다. 나는 그의 낮고 우울한 바이올린 소리를 들으며, 그가 해결하기로 마음먹은 이 이상한 사건에 대해 계속해서 깊이 고민하고 있다는 걸 알 수 있었다.

다음날 아침 신문에는 〈브릭스턴 수수께끼〉라고 이름붙인 사건이 지면을 가득 채우고 있었다. 신문마다 장문의 사건기사를 실었고 어떤 신문은 사설을 덧붙이기도 했다. 나로서는 처음 접하는 정보도 몇 가지 있었다. 나는 그 사건에 관한 수많은 신문기사를 오려내고 발췌해서 만든 스크랩북을 아직까지 보관하고 있다. 아래에 그중 일부를 요약해보았다.

《데일리 텔레그래프》는 범죄 역사상 외국인이 등장한 비극적인 사건은 거의 없었다는 사실에 주목했다. 피해자의 독일식 이름, 별다른 동기가 없다는 것, 벽에 적힌 불길한 서명 등, 이 모든 점이 정치적 망명자나 혁명주의자에 의한 범죄라는 걸 가리키고 있다고 했다. 사회주의자들은 미국에 많은 조직을 가지고 있고, 피살자는 필시 그들의 불문율을 어겼기 때문에 추격을 당했다는 것이다. 신문기사는 베흠게리히트[45], 아쿠아 토파나[46], 카르보

---

45 Vehmgericht : 중세 독일 왕국 전역에서 사법권을 행사한 비밀 재판소. 펨게리히트 (Femgericht)라고도 한다.

46 aqua tofana : 17-18세기에 사용된 독물로, 나폴리의 토파나라는 여인이 만들었다고

나리[47], 브랑빌리에 후작부인[48], 다윈[49]의 이론, 맬서스[50]의 인구론, 래트클리프 하이웨이 살인사건[51] 등을 가볍게 언급하면서, 정부에 주의를 촉구하고 영국 내의 외국인에 대해 더욱 엄중한 감시를 해야 한다고 주장했다.

《스탠더드》는 이런 종류의 불법적인 폭행사건은 대개 자유주의 통치 아래에서 일어난다고 논평했다. 이러한 사건은 대중의 심적 동요와 그에 따른 권위의 실추 때문에 발생한다. 피살자는 런던에 몇 주 동안 머물고 있던 미국신사였다. 그는 캠버웰에 있는 토키 테라스의 샤르팡티에 부인 집에서 하숙하고 있었다. 여행 중에는 개인비서 조셉 스탠거슨 씨를 대동했다. 두 사람은 이달 4일 화요일에 하숙집 여주인에게 작별인사를 하고 리버풀행 급행열차를 탄다며 유스턴 역으로 떠났다. 나중에 두 사람은 플랫폼에 함께 있는 것이 목

전해진다. 서서히 효과를 내는 맹독성 독으로 알려져 있다. 모차르트가 죽은 것도 이 독 때문이라는 설이 퍼지기도 했다.

47 Carbonari : 19세기 초, 이탈리아에서 프랑스의 지배에 항거해 조직된 비밀 결사.

48 the Marchioness de Brinvilliers : 17세기 프랑스에서 아버지, 형제들, 남편 등을 독살한 여인.

49 찰스 다윈(Charles Robert Darwin, 1809-1882)은 진화론을 정립한 영국의 생물학자.

50 토마스 맬서스(Thomas Malthus, 1766-1834)는 영국의 경제학자로, 저서 《인구론》에서 인구는 기하급수적으로 증가하나 식량은 산술급수적으로 증가하기 때문에, 인구와 식량 사이에 불균형이 발생하며 기근, 빈곤, 악덕이 생겨난다고 주장했다.

51 Ratcliff Highway murders : 런던 동부에 위치한 래트클리프 하이웨이에서 벌어진 살인사건. 1811년 12월 7일, 강도가 한 집에 침입해 온 가족과 하인들을 몰살하는 사건이 일어났고, 12일 후, 다른 집에서 이와 같은 사건이 또다시 발생했다. 이 사건으로 런던뿐 아니라 전 영국이 충격을 받고 공포에 떨었다.

격되었다. 그 후로는 기술한 바와 같이, 드리버 씨의 시신이 유스턴에서 멀리 떨어진 브릭스턴 로의 빈집에서 발견되기까지 두 사람에 대해서 더 이상 알려진 것이 없다. 어떻게 해서 그가 거기까지 간 것인지, 어째서 숨을 거두게 된 것인지는 아직까지 수수께끼에 싸여있다. 스탠거슨의 행방도 알려져 있지 않다. 런던 경찰청의 레스트레이드 씨와 그렉슨 씨가 이 사건에 투입되었다는 소식은 반가운 일이다. 저명한 이들 두 형사는 신속하게 사건을 해결할 수 있을 것으로 기대된다.

《데일리 뉴스》는 이 범죄를 정치적인 사건이 틀림없다고 보았다. 전제주의와 유럽대륙 정부에 만연한 자유주의에 대한 혐오는 많은 사람들을 우리 해안에 몰려들게 하는 효과를 낳았다. 그들은 지난날에 겪었던 쓰라린 기억이 없었다면 훌륭한 시민이 되었을 것이다. 이들에게는 명예에 관한 엄중한 규범이 있는데, 이를 어기면 처벌로서 죽임을 당한다. 피살자의 행동에서 어떤 특별한 점이 있었는지 알아내려면, 비서 스탠거슨의 행방을 찾기 위해 모든 노력을 기울여야한다. 피살자가 묵었던 집의 주소를 밝혀낸 것은 사건수사의 거대한 일보를 뗀 것이며, 그것은 전적으로 런던 경찰청 그렉슨 씨의 혜안과 열정 덕분이었다.

셜록 홈즈와 나는 아침식사를 하며 신문기사를 함께 읽었는데, 그는 꽤나 재미있어 하는 것 같았다.

"내가 말했잖은가. 어떻게 되던 간에 레스트레이드와 그렉슨이 이익을 보는 걸세."

"그건 결과가 어떻게 되느냐에 달려있네."

"오, 이런. 그런 건 조금도 상관없어. 만약 범인이 잡히면 그건 그들의 노력 〈덕분〉이고, 범인을 놓치면 그건 그들의 노력에도 〈불구하고〉인 거야. 동전 앞면이 나오면 내가 이기고 뒷면이 나오면 네가 진다 이거지. 그들이 뭘 하든 간에, 그 뒤를 따르는 추종자가 있다네. 〈바보는 언제나 자신이 칭송할 더 큰 바보를 찾아낸다.〉[52]는 말이 있지."

"대체 이게 뭔가?"

그때 현관과 계단에서 수많은 발소리가 또닥또닥 들려왔고, 그와 함께 하숙집 주인아주머니가 질색하며 넌더리 치는 소리가 들렸다.

"탐정 경비대 베이커 가 분과라네."

내 동료는 심각한 목소리로 말했다. 그가 말하는 동시에, 이제껏 본 적이 없는 거리의 부랑아 여섯 명이 방 안으로 뛰어 들어왔다. 더럽기 짝이 없고 너덜너덜한 누더기 옷을 걸친 아이들이었다.

"차렷!"

홈즈가 날카롭게 소리치자, 여섯 명의 작은 불한당들은 길게 늘어선 추레한 조각상처럼 일렬로 섰다.

"앞으로는 위긴스만 혼자 보고하러 올라오고, 나머지는 거리에서 기다리도록 해라. 위긴스, 찾았나?"

"아뇨, 아직 찾지 못했습니다."

그 아이들 중 한 명이 대답했다.

---

52 Un sot trouve toujours un plus sot qui l'admire.

"해낼 거라고 기대하지는 않았다. 찾을 때까지 계속하도록. 여기 수고비 받아라."

그는 아이들 하나하나에게 일 실링씩 건넸다.

"자, 이제 가거라. 다음에 올 때는 좀 더 소식을 가지고 와야 한다."

그는 손을 흔들자 아이들은 쥐떼들처럼 계단으로 재빨리 달아났고, 그 다음엔 거리에서 시끄러운 소리가 들렸다.

"저 작은 거지 아이들 하나가 경찰 열두 명보다 더 일을 잘한다네."

홈즈가 말했다.

"그저 경찰과 비슷한 사람만 봐도 사람들은 입을 닫아버리거든. 하지만 이 아이들은 어디에든 가고, 무엇이든 다 들을 수 있어. 또, 바늘처럼 예민하기도 하지. 필요한 것은 오직 조직화하는 것뿐이네."

"이 브릭스턴 사건으로 저 아이들을 고용한 건가?"

내가 물었다.

"맞아. 내가 확인하고 싶은 점이 있거든. 그저 시간이 좀 걸리는 문제일 뿐이야. 오호! 이제 아주 대단한 소식을 듣게 되겠는걸! 그렉슨이 얼굴 가득 행복하다는 표정으로 도로를 걸어오고 있네. 우리 쪽으로 오는 거겠지. 맞아. 멈춰 섰군. 저기 왔네."

벨이 맹렬하게 울렸고, 얼마 지나지 않아 금발의 형사가 한 번에 세 계단씩 뛰어 올라와, 우리가 있는 거실로 들이닥쳤다.

"친애하는 여러분,"

그는 반응도 없는 홈즈의 손을 부여잡으며 소리쳤다.

"축하해주십시오! 제가 사건을 모두 명백하게 밝혀냈습니다."

내 동료의 표정이 풍부한 얼굴에 불안스러운 그림자가 지나갔다.

"수사방향을 제대로 잡았다는 말인가요?"

그가 물었다.

"수사 방향이요? 아니, 범인을 체포했다는 말입니다."

"그러면 범인의 이름이?"

"아서 차펜티어라는 영국 해군 대위입니다."

그렉슨은 거만하게 살찐 손을 비비며 가슴을 한껏 부풀린 채 말했다. 셜록 홈즈는 안도의 한숨을 쉬고 편안하게 미소를 지었다.

"앉아서 담배 하나 피우시지요."

그가 말했다.

"어떻게 그런 일을 해냈는지 무척 궁금합니다. 위스키를 좀 물에 타서[53] 드릴까요?"

"주시면 좋지요."

형사가 대답했다.

"어제부터 오늘까지 엄청난 활동을 했더니 기진맥진한 상태입니다. 몸은 별로 수고로운 건 아니었습니다만, 아시다시피 정신을 혹사시키는 일이지요. 셜록 홈즈 씨도 인정하실 겁니다. 우리는 모두 정신 노동자이니까요."

"과찬의 말씀이군요."

홈즈는 진지한 목소리로 말했다.

"어떻게 그런 만족스런 결과에 도달하게 되었는지 들려주시지요."

---

53 원문은 위스키 앤 워터(whisky and water). 위스키를 마시는 방법 중 하나로, 상온의 물을 위스키와 1:1로 섞는다

형사는 안락의자에 앉아, 만족스럽게 담배를 뻐끔뻐끔 피웠다. 그러다 갑자기 너무 기뻐서 발작이라도 일으키듯이 자신의 허벅지를 철썩 쳤다.

"재미있는 건,"

그는 큰 소리로 말했다.

"자신이 똑똑하다고 생각하는 그 바보 같은 레스트레이드가 완전히 틀린 방향으로 가버렸다는 겁니다. 그는 비서 스탠거슨을 쫓고 있는데, 그 사람은 아직 태어나지도 않은 아이만큼이나 이 범죄사건과 관련이 없어요. 틀림없이 지금쯤이면 그 사람을 잡았을 겁니다."

그 생각에 그렉슨은 너무 웃어서 숨이 막힐 정도였다.

"그러면 어떻게 단서를 잡게 된 건가요?"

"아, 말씀드리지요. 왓슨 선생님, 이건 순전히 우리끼리만 아는 얘기입니다. 우리가 맞닥뜨린 첫 번째 어려운 문제는 이 미국인의 신원을 파악하는 것이었습니다. 어떤 사람은 광고를 내고 연락이 오기를 기다리거나, 관계자가 나와 자발적으로 정브를 제공해주길 기다리겠죠. 그건 토비아스 그렉슨이 일하는 방식이 아닙니다. 죽은 남자의 옆에 있던 모자를 기억하시겠지요?"

"그렇습니다."

홈즈가 말했다.

"캠버웰 로 129번지, 존 언더우드 앤 선에서 만든 거지요."

그렉슨은 맥이 빠진 표정이었다.

"그걸 아실 줄은 몰랐습니다."

그가 말했다.

"거기 가보셨습니까?"

"아니오."

"하!"

그렉슨은 안심했다는 듯 소리쳤다.

"아무리 하찮아 보일 지라도, 기회를 간과해서는 절대 안 되는 겁니다."

"위대한 정신에게 사소한 것이란 없습니다."

홈즈는 설교 투로 말했다.

"어쨌거나, 저는 언더우드 상점으로 가서 그 모양과 크기의 모자를 판 적이 있냐고 물었습니다. 장부를 보더니 금방 찾더군요. 토키 테라스, 차펜티어 하숙집에서 묵고 있는 드리버 씨에게 보냈다고 했습니다. 그래서 주소를 알게 된 겁니다."

"훌륭하군요. 아주 훌륭해!"

홈즈가 나직하게 말했다.

"다음엔 차펜티어 부인을 찾아갔습니다."

형사가 계속 이야기를 했다.

"아주 창백하고 근심스러운 표정이더군요. 부인의 딸도 방에 있었는데, 보기 드물게 아름다운 처녀였어요. 제가 이야기를 하니 눈이 새빨개지고 입술을 떨더군요. 그런 걸 제가 놓칠 리가 없지요. 뭔가 있다는 냄새가 나기 시작했습니다. 셜록 홈즈 씨도 그 느낌을 아실 겁니다. 올바른 단서를 찾아냈을 때 신경을 타고 흐르는 전율 같은 거요. 저는 이렇게 물었습니다. 〈전에 여기 묵고 있었던 클리블랜드의 이노크 J. 드리버 씨가 원인불명의 죽음을 당한 걸 알고 계십니까?〉

부인은 고개를 끄덕였습니다. 한마디도 나오지가 않는 모양이었어요. 딸은 울음을 터뜨리더군요. 저는 이 사람들이 사건에 대해서 많은 걸 알고 있다고 느꼈습니다.

〈드리버 씨가 기차를 타려고 집을 나선 건 몇 시였습니까?〉

제가 물었지요.

〈여덟 시였어요.〉

그녀는 마음의 동요를 가라앉히기 위해 침을 꿀떡 삼키며 말했습니다.

〈비서 스탠거슨 씨가 말하기를, 기차가 두 번 있는데, 9시 15분에 한 번, 11시에 한 번 있고, 첫 번째 차를 탄다고 했어요.〉

〈그 사람을 마지막 본 게 그때입니까?〉

제가 그 질문을 하자 여인의 얼굴이 놀랍도록 변하더군요. 얼굴이 완전히 납빛이 되었습니다. 한참 지난 후에야, 쉰 목소리에 부자연스런 음성으로 〈네.〉라는 한 마디를 뱉어냈지요.

한동안 침묵이 흐른 다음, 딸이 침착하고 분명한 목소리로 말했습니다.

〈어머니, 거짓말을 해서는 좋은 일이 생기지 않아요.〉

그녀가 말했지요.

〈이 신사분에게 솔직하게 얘기해요. 드리버 씨를 다시 만났잖아요.〉

〈대체 무슨 말이냐!〉

차펜티어 부인은 소리치며 두 손을 쳐들고 의자에 주저앉았습니다.

〈네가 오빠를 죽이고 말았구나.〉

〈아서도 우리가 진실을 말하기를 바랄 거예요.〉

그 처녀는 단호하게 말했습니다.

〈모든 걸 지금 말하는 편이 좋습니다.〉

제가 말했습니다.

〈반만 털어놓는 건 전부 숨기는 것보다 좋지 않지요. 게다가, 우리
가 얼마나 알고 있는 지도 모르잖습니까.〉

〈모두 네 책임이다, 앨리스!〉

부인은 이렇게 소리치더니 저를 보았습니다.

〈전부 다 말씀 드리지요. 제가 아들 일로 이렇게 흥분하는 것이
그 애가 끔찍한 사건에 관계되었기 때문이라고 생각하지 말아주세
요. 그 애는 완전히 결백합니다. 하지만 당신의 눈이나 다른 사람의
눈으로 보면 그 아이가 위태롭게 될 것 같아서 몹시도 두렵군요. 그
렇지만 그건 절대 있을 수 없는 일이에요. 그 아이의 훌륭한 인격이
나 직업, 지금까지 행실을 보건대 절대 그럴 수가 없어요.〉

〈사실을 죄다 털어놓는 것이 가장 좋은 방법입니다.〉

제가 대답했습니다.

〈염려 마십시오. 당신의 아들이 결백하다면, 잘못될 일은 없을
테니까요.〉

〈앨리스, 우리 두 사람만 남고, 너는 나가 있는 게 좋겠구나.〉

부인이 말하자 딸은 방을 나갔습니다.

〈저는,〉

부인이 말을 계속했습니다.

〈이 모든 걸 당신께 말씀 드릴 생각은 없었습니다만, 제 가련한 딸이 발설하고 말았군요. 선택할 여지가 없어요. 말을 하기로 한 번 마음먹었으니, 상세한 부분까지 빠뜨리지 않고 다 말씀 드리지요.〉

〈현명한 방법입니다.〉

제가 말했습니다.

〈드리버 씨는 약 3주가량 있었어요. 그 사람과 비서 스탠거슨 씨는 유럽대륙을 여행했습니다. 여행 가방마다 코펜하겐 꼬리표가 붙어있는 걸 보고 최근에 묵었던 곳이 거기라는 걸 알았지요. 스탠거슨은 조용하고 말이 없는 사람이었는데, 이런 말을 해서 미안하지만, 그의 고용주는 완전히 다른 사람이었어요. 성질이 천박하고 행동은 야만스러웠지요. 도착하던 바로 그날 밤에도 완전히 술에 취해 있었고, 낮에도 열두 시 이후에는 맨정신으로 있을 때가 거의 없었습니다. 하녀들을 대하는 태도도 역겨울 정도로 뻔뻔스럽고 제멋대로였어요. 더 나쁜 것은, 얼마 지나지 않아 게 딸 앨리스에게도 그런 식으로 대하기 시작했고, 몇 번은 지저분한 말도 했어요. 다행히도 딸아이가 순진해서 알아듣질 못했지요. 한 번은 딸아이 팔을 붙들고 껴안는 포악한 짓을 한 적도 있는데, 그의 비서까지도 남자답지 못한 행동이라고 비난하더군요.〉

〈그런데 왜 그런 일을 참기만 한 겁니까?〉

제가 물었습니다.

〈원한다면 아무 때라도 숙박하는 사람을 쫓아낼 수 있을 텐데요.〉

차펜티어 부인은 제 적절한 질문에 얼굴을 붉히더군요.

〈그 사람이 온 바로 그 날에 나가라고 했으면 좋았을 거예요.〉

부인이 말했습니다.

〈하지만 어쩔 수 없는 유혹이 있었어요. 그 사람들이 하루에 한 사람 당 1파운드를 지불하니까, 일주일에 14파운드이고, 지금은 경기가 없는 계절이랍니다. 저는 과부이고 아들은 해군에 있어서 비용이 많이 들지요. 그 돈을 놓치기가 아까웠어요. 그래서 최선의 노력을 다했습니다. 하지만 딸아이에게 한 행동은 너무 심했기 때문에, 그 일을 이유로 나가달라고 통고했어요. 그래서 나가게 된 겁니다.〉

〈그래서요?〉

〈그 사람이 마차를 타고 떠날 때 내 마음이 환해지는 것 같더군요. 우리 아들이 그때 휴가를 나왔지만, 이 일은 조금도 얘기해주지 않았습니다. 성격이 불같은데다가 누이동생을 아주 좋아하기 때문이지요. 문을 닫고 돌아서니 마음속에 있던 무거운 짐을 내려놓은 것 같았지요. 아아, 그런데 한 시간도 지나지 않아 벨이 울리더니 드리버 씨가 돌아왔습니다. 그는 매우 흥분해있었고, 분명 술에 많이 취해있었지요. 강압적으로 저와 딸아이가 있는 방에 들어오더니 기차를 놓쳤다며 종잡을 수 없는 이야기를 해댔어요. 그 다음엔 앨리스를 보고는, 내 면전에서 그 애한테 구애를 하며 자기와 같이 도망가자는 거예요. 〈너는 성인이야.〉 이렇게 말하더군요. 〈그러니 법적으로 널 못 가게 할 수 없어. 나는 돈이 많아서 남아돌 지경이야. 여기 있는 늙은 여자는 신경 쓰지 말고, 지금 당장 나와 같이 떠나자. 공주처럼 살게 해 줄 테니까.〉 가엾은 앨리스는 겁에 질려서 움츠리고 뒤로 물러섰는데, 그 남자가 딸아이의 손목을 붙잡고 문 쪽으로 끌고 가려고 했습니다. 저는 비명을 질렀고, 그 순간 제 아들 아서가 방안으로 들어왔지요. 그리고 무슨 일이 일어났는지 모르겠어요. 욕설과 싸움을 하는 혼란스런 소리가 들렸습니다. 너무 겁이 나서 얼굴을 들 수가 없었어요. 고개를 들었을 때는 아서가 문가에 서서, 지팡이를 든 채 웃고 있었습니다. 〈다시는 그 잘난 녀석이 말썽을 부리지 않을 겁니다.〉 아서는 이렇게 말했어요. 〈그 녀석을 따라가서 무슨 짓을 하는지 봐야겠어요.〉 하면서 모자를 집어 들고 거리로 뛰어나가더군요. 그 다음날 아침에 드리버 씨가 원인 불명의 죽음을 당했다는 소식을 들었습니다.〉

이 말을 하면서 차펜티어 부인은 숨이 차서 헐떡이기도 하고 여러 차례 한숨을 돌리기도 했습니다. 때때로 너무 낮은 목소리로 얘기해서 알아듣기 힘들 때도 있었는데, 말하는 걸 모두 속기로 적어 놓았으니까 틀릴 가능성은 없습니다."

"아주 흥미롭군요."

셜록 홈즈는 하품을 하며 말했다.

"그 다음엔 어떻게 되었습니까?"

"차펜티어 부인이 말을 멈추었을 때,"

형사가 말을 이었다.

"사건 전체가 한 가지에 달려있다는 것을 알았습니다. 여성에게 항상 효과를 보았던 방법인데요, 저는 부인을 뚫어지게 쳐다보면서 아들이 몇 시에 돌아왔냐고 물었지요.

〈모릅니다.〉

부인이 대답했습니다.

〈모른다고요?〉

〈몰라요. 그 아이는 바깥문 열쇠를 가지고 있어서, 직접 열고 들어온답니다.〉

〈부인이 잠든 다음에 왔습니까?〉

〈네.〉

〈언제 잠에 들었습니까?〉

〈11시 정도에요.〉

〈그러면 아드님은 적어도 두 시간은 나가 있었군요?〉

〈네.〉

〈아마 네 시간이나 다섯 시간일 수도 있겠죠?〉

〈네.〉

〈그 시간 동안 아드님이 무엇을 했을까요?〉

〈저는 모릅니다.〉

대답을 하는 부인의 입술은 하얗게 질렸습니다.

물론 그 다음은 더 이상 물어볼 필요도 없었지요. 차펜티어 대위가 어디 있는지 찾아낸 뒤, 경관 두 명을 대동하고 가서 그를 체포했습니다. 제가 그의 어깨를 가볍게 잡으며 조용히 우리와 함께 가자고 했더니, 얼굴에 철판을 간 듯 뻔뻔스럽게 대답하더군요. 〈그 악당 드리버의 죽음과 관련해서 저를 체포하시는 거군요.〉 그는 이렇게 말했습니다. 우리는 거기에 대해선 아무 말도 하지 않았기 때문에, 그가 이렇게 말한 것은 아주 수상쩍은 점입니다.”

“그렇군요.”

홈즈가 말했다.

"그는 무거운 지팡이를 아직도 지니고 있었는데, 그 어머니가 드리버를 따라갈 때 가지고 나갔다고 했던 겁니다. 그건 단단한 참나무 몽둥이였습니다."

"그러면, 당신이 세운 가설은 뭔가요?"

"음, 그러니까 제 가설은, 그가 드리버를 브릭스턴 로까지 따라갔다는 겁니다. 그곳에서 두 사람은 또다시 언쟁을 했고, 드리버는 다툼 중에 몽둥이로 얻어맞았지요. 아마도 명치를 맞았기 때문에 아무런 흔적을 남기지 않고 죽게 된 겁니다. 그날 밤은 비가 내려서 아무도 없었기에, 차펜티어는 희생자의 시체를 끌고 빈집으로 들어갈 수 있었지요. 양초라던가, 피, 벽에 쓴 글씨, 반지 등은 경찰을 다른 쪽으로 유인하기 위한 속임수였습니다."

"아주 잘해냈군요!"

홈즈는 격려하듯 말했다.

"그렉슨, 정말 당신은 발전하고 있습니다. 머지않아 성공하게 될 겁니다."

"제 생각에도, 제가 일을 꽤나 깔끔하게 해낸 것 같습니다."

형사는 자랑스럽게 대답했다.

"그 청년은 자진해서 이렇게 말하더군요. 드리버를 한참 뒤쫓아 갔는데, 그가 눈치를 채고는 자신을 떼어놓으려고 마차를 잡아타더라는 겁니다. 그래서 집으로 돌아오는 길에 예전 동료 선원을 만나서, 같이 오랫동안 걸었다고 했습니다. 그 예전 동료 선원이 어디에 사는지 물어봤지만, 아무런 만족스런 대답을 못하더군요. 저는 모든 상황이 놀랍게도 잘 들어맞는다고 생각합니다. 잘못된 단서로부터 시작한 레스트레이드 생각을 하니 즐겁기 짝이 없습니다. 그가 별다른 소득이 없을까봐 걱정되는군요. 이런, 세상에, 바로 그 본인이 왔습니다!"

우리가 이야기하고 있을 때, 계단으로 올라와 방으로 들어선 사람은 정말로 레스트레이드였다. 하지만 그의 행동이나 복장에 언제나 나타나있던 자신감과 쾌활함이 빠져있었다. 얼굴은 불안하고 걱정스러운 표정이었고, 옷은 단정치 못하게 흐트러져 있었다. 그는 셜록 홈즈에게 상담하려고 온 것이 틀림없었다. 왜냐하면, 그의 동료가 있는 걸 알고는 안절부절못하며 당황했기 때문이었다. 그는 방 한가운데 서서 모자를 만지작거리며 어찌할 줄을 몰랐다.

"이건 정말 특별한 사건입니다."

그가 마침내 말을 했다.

"도무지 이해할 수 없는 사건이지요."

"아, 레스트레이드 씨. 당신이 알아낸 건 그거군요."

그렉슨이 의기양양하게 외쳤다.

"나는 당신이 그런 결론에 도달하리라고 생각했습니다. 비서 조셉 스탠거슨 씨는 찾았나요?"

"비서, 조셉 스탠거슨은,"

레스트레이드는 침통하게 말했다.

"오늘 아침 여섯 시 경에 할리데이즈 프라이빗 호텔에서 살해당했습니다."

제7장
어둠 속의 빛

레스트레이드가 알려준 정보는 너무도 중대하고 예기치 않은 것이어서, 우리 세 사람은 모두 어이가 없어 아무 말도 하지 못했다. 그렉슨은 의자에서 벌떡 일어나다가 남아있는 위스키를 뒤집어엎었다. 나는 말없이 셜록 홈즈를 지켜보았는데, 입술을 굳게 다문 채 눈살을 찌푸리고 있었다.

"스탠거슨도!"

그는 낮게 중얼거렸다.

"사건이 복잡해졌군."

"전부터 이미 복잡했습니다."

레스트레이드가 투덜대며 의자를 끌어당겼다.

"군사회의 같은 곳에 참여한 기분이군요."

"그 정보는……, 그 정보는 확실한 겁니까?"

그렉슨이 더듬거리며 말했다.

"방금 그가 있던 방에서 오는 길입니다."

레스트레이드가 말했다.

"무슨 일이 일어난 건지 처음 발견한 사람이 납니다."

"지금 사건에 대한 그렉슨의 의견을 듣고 있던 중이었지요."

홈즈가 말했다.

"괜찮다면, 무엇을 보았고 무엇을 했는지 우리에게 알려주시겠습니까?"

"거절할 이유가 없지요."

레스트레이드가 의자에 앉으며 말했다.

"솔직히 고백하자면, 저는 드리버의 죽음에는 스탠거슨이 관련되었다는 소신을 갖고 있었습니다. 사건이 이렇게 새로이 전개되어 내가 완전히 틀렸다는 걸 알게 되었지만 말입니다. 그 한 가지 생각으로 가득 차있던 저는 비서가 어떻게 되었는지 찾기로 했습니다. 그들이 3일 저녁 8시 반쯤에 유스턴 역에 함께 있었다는 것이 목격되었습니다. 새벽 두 시에 드리버는 브릭스턴 로에서 발견되었지요. 제가 직면한 문제는 스탠거슨이 8시 30분부터 사건이 일어난 시각까지 무엇을 했으며, 그후에는 어떻게 되었냐는 것입니다. 리버풀에 전보를 쳐서 그 남자의 생김새를 알려주고, 미국행 배를 타는지 계속 살펴보라고 주의를 줬지요. 그 다음엔 유스턴 부근에 있는 모든 호텔과 하숙집을 찾아다녔어요. 아시다시피, 드리버와 그의 동행이 헤어졌다면, 그 다음 순서로는 근방 어디에서든 밤을 보낸 뒤 다음날 아침 역 근처에 나와 있는 것이 당연한 일일 겁니다."

"사전에 어딘가 만날 장소를 정해놓았을 수도 있지요."

홈즈가 한 마디 했다.

"그렇습니다. 어제 저녁 시간을 모두 조사하는 데 썼지만 허탕이었어요. 오늘 아침엔 아주 이른 시간부터 조사를 시작해서, 8시에는 리틀 조지 가(街)에 있는 할리데이즈 프라이빗 호텔에 도착했습니다. 거기서 스탠거슨 씨가 투숙하고 있느냐고 물어보니, 곧장 있다고 대답하더군요.

〈손님이 기다리던 사람이 신사분이셨군요.〉

호텔 직원이 말했습니다.

〈이틀 동안 신사분을 기다리고 있었습니다.〉

〈지금 어디에 있는가?〉

제가 물었습니다.

〈위층에서 주무시고 계십니다. 아홉 시에 깨워달라고 하셨지요.〉

〈지금 당장 올라가서 만나겠네.〉

제가 말했지요. 갑자기 제가 나타나 당황하게 한 다음, 방심한 상태에서 뭐든 말하게 할 생각이었습니다. 호텔의 구두닦이가 자진해서 방으로 안내해 주었지요. 3층이었고, 좁은 통로를 따라 올라가야 했습니다. 구두닦이가 방문을 알려주고 다시 아래로 내려가려할 때, 저는 20년 동안의 경험에도 불구하고 속이 메스꺼워지는 것을 보고 말았습니다. 문 밑으로 피가 작고 빨간 리본처럼 소용돌이치며 나와, 구불구불하게 복도를 가로질러 건너편 벽 밑에 조그마한 웅덩이를 이루고 있었지요. 제가 큰소리를 치자 구두닦이가 돌아왔습니다. 그걸 보더니 거의 기절할 정도로 놀라더군요. 문이 안쪽에서 잠겨있었지만 우리가 함께 어깨로 밀자 열렸습니다. 방 창문은 열려있었는데, 그 창문 옆으로 잠옷을 걸친 남자의 시체가 웅크린 채로 있었지요. 죽은 것은 분명했고, 팔다리가 굳고 차가운 것으로 보아 사망한지 시간이 꽤 되었습니다. 시체를 뒤집어 보니, 구두닦이가 조셉 스탠거슨이란 이름으로 그 방에 있던 신사라고 단번에 알아보더군요. 왼쪽 가슴을 깊게 찔린 것이 사망원인이었고, 심장까지 관통한 것이 틀림없었습니다. 그리고 여기서 이 사건의 가장 기묘한 부분이 등장합니다. 살해당한 남자의 위에 무엇이 있었는지 짐작하시겠습니까?"

홈즈가 대답하기 전부터, 나는 살갗이 섬뜩해지고 공포의 예감이 느껴졌다.

"라헤(RACHE)라는 단어. 피로 쓴 글자."

그가 말했다.

"바로 그겁니다."

레스트레이드가 공포어린 목소리로 말했다. 우리 모두는 한동안 침묵 속에 빠져있었다.

이 무명의 암살자가 하는 행위에는 아주 질서정연한 부분과 이해할 수 없는 부분이 있었고, 그건 그가 저지른 범죄에 생생한 공포를 더해주었다. 전쟁터에서도 꿈쩍하지 않았던 내 담력도 이런 생각을 하자 움찔거렸다.

"목격자가 있습니다."

레스트레이드가 말을 이었다.

"우유 배달 소년이 우유판매점으로 가려고 마구간에서부터 이어지는 호텔 뒤편 길을 걸어가던 중이었지요. 보통 때는 바닥에 뉘어져 있던 사다리가 3층 창문 중 하나로 세워져 있고, 그 창문이 활짝 열려있는 걸 보았습니다. 지나면서 돌아보니 한 남자가 사다리를 내려오는 것이 보였어요. 그 남자는 침착하고 아무 거리낌 없이 내려왔기 때문에 소년은 호텔에서 일하는 목수나 소목장이일거라고 생각했습니다. 일하기에는 너무 이른 시간이구나 하는 생각 외에는 그 남자에 대해 특별히 신경 쓰지 않았지요. 그 남자에 대한 인상은, 키가 크고, 불그레한 얼굴에 긴 갈색 코트를 입었다고 하더군요. 그는 살인을 한 후 방에 어느 정도 머물렀던 것이 틀림없습니다. 그가 손을 씻은 세면대에서 피가 섞인 물을 발견했고, 침대 시트에는 그가 신중하게 칼을 닦은 자국이 있기 때문이지요."

자신이 했던 말과 범인의 인상이 정확히 일치한다는 것을 듣게 된 홈즈를 나는 흘긋 쳐다보았다. 하지만 그의 얼굴에는 기쁨도 만족도 나타나 있지 않았다.

"방 안에는 살인자에 대해 알아낼 만한 단서가 없었나요?"

"없습니다. 스탠거슨이 자신의 주머니에 드리버의 지갑을 넣고 있긴 했지만, 모든 지불은 대개 그가 했을 테니까요. 지갑에는 80파운드 남짓 들어있었는데, 훔쳐간 건 없습니다. 이 기묘한 범죄의 동기가 무엇이든 간에, 강도가 아닌 것은 확실합니다. 살해당한 남자의 주머니에는 서류나 비망록은 없었고 전보 한 장만 있었는데, 약 한 달 전 클리블랜드에서 보낸 것으로, 〈J. H는 유럽에 있음〉이라고 적혀있었지요. 전보에는 이름이 적혀있지 않았습니다.

"다른 건 없었습니까?"

홈즈가 물었다.

"중요한 건 하나도 없었습니다. 자기 전에 읽었던 소설책이 침대 위에 있었고 파이프가 그 옆 의자에 있었어요. 탁자 위에는 물컵이 하나 있었고, 창문턱에는 알약 두 개가 들어있는 작은 약상자가 있었습니다."

셜록 홈즈는 기쁨의 환호성을 지르며 의자에서 벌떡 일어났다.

"마지막 연결 고리로군."

그는 몹시 기뻐하며 소리쳤다.

"사건이 완결되었습니다."

두 명의 형사는 놀라서 그를 쳐다보았다.

"내 손 안에,"

내 동료는 자신 있게 말했다.

"복잡하게 얽힌 사건의 실마리가 모두 들어있습니다. 물론, 세세한 부분은 채워 넣어야 하겠지만, 드리버가 역에서 스탠거슨과 헤어지던 때부터 나중에 시체로 발견되기까지, 그 모든 중요한 사실은 내 눈으로 직접 본 것처럼 확신하고 있지요. 내가 아는 것을 증명해 드리겠습니다. 그 알약을 보여주시겠습니까?"

"여기 있습니다."

레스트레이드는 이렇게 말하며 작고 하얀 상자를 내어놓았다.

"이것과 지갑, 전보를 경찰서에 있는 금고에 보관해 두려고 가져왔습니다. 굳이 말해두자면, 이건 별로 중요하다고 생각하지 않았기 때문에, 알약을 가져온 건 그저 우연인 셈입니다."

"이리 주십시오."

홈즈가 말했다.

"자, 의사 선생."

그는 내 쪽으로 몸을 돌렸다.

"이건 평범한 알약인가?"

평범한 것은 분명히 아니었다. 진줏빛 회색으로, 작고 둥글었으며,

빛을 비추어보니 거의 투명이었다.

"가볍고 투명한 것으로 볼 때, 물에 잘 녹을 것 같네."

내가 말했다.

"바로 그걸세."

홈즈가 대답했다.

"괜찮다면 자네가 아래층으로 내려가서 그 불쌍한 작은 테리어 녀석을 데려오지 않겠나? 오랫동안 몸이 좋지 않아서, 어제 하숙집 주인아주머니가 고통을 없애달라고 부탁했던 개 말일세."

나는 아래층으로 내려가 그 개를 팔에 안고 올라왔다. 힘들게 내쉬는 호흡과 흐려진 눈을 보니 최후가 얼마 남지 않았음을 알 수 있었다. 사실, 눈처럼 하얀 주둥이가 일반적인 개의 수명을 벌써 넘겼다는 걸 증명하고 있었다. 나는 양탄자 위 방석에 개를 올려놓았다.

"이제 알약 중 하나를 둘로 자르겠습니다."

홈즈는 이렇게 말하고, 주머니칼을 꺼내 말한 대로 했다.

"나중을 위해서 반쪽은 상자에 다시 넣지요. 다른 반쪽은 물 한 스푼이 담겨있는 와인잔에 넣습니다. 의사인 내 친구 말이 옳다는 걸 알게 되었군요. 금방 녹았습니다."

"꽤 재미있을 것 같습니다만,"

레스트레이드가 조롱당하는 것이 아닌지 의심하며, 기분이 상한 목소리로 말했다.

"조셉 스탠거슨의 죽음과 무슨 관계가 있는지 모르겠습니다."

"이보시오, 친구. 참을성이 있어야지요. 참을성! 조금 있으면 모든 것이 관련 있다는 걸 알게 될 겁니다. 이제 먹기 좋도록 우유를 조금 섞은 다음, 개에게 주면 금방 핥아먹게 되지요."

이렇게 말하며, 그는 와인잔 안에 들은 내용물을 접시에 쏟고 테리어 앞에 놓았다. 개는 빠르게 핥아 먹어버렸다. 셜록 홈즈의 진지한 태도에 설득당한 우리 모두는 조용히 앉아 집중해서 개를 바라보며, 어떤 놀라운 결과가 나타나기를 기다렸다. 하지만 그런 일은 일어나지 않았다. 개는 여전히 방석 위에 길게 누운 채 힘겨운 숨을 쉬고 있었지만, 그걸 먹은 것으로 인해 더 나빠지지도 더 좋아지지도 않은 것은 분명했다.

홈즈는 시계를 꺼내놓았는데, 아무런 결과 없이 일 분, 일 분이 지나감에 따라, 그의 얼굴에는 더할 나위 없이 분하고 실망스러운 표정이 나타났다. 그는 입술을 물어뜯으며 손가락으로 탁자를 두들겨댔고, 극도로 초조할 때 나타나는 증상을 모두 보여줬다. 그의 감정이 크게 드러나는 것을 보고 나는 진정으로 유감스러운 마음이었지만, 두 형사는 그의 일이 어려움에 처한 것이 결코 기분 나쁜 일이아닌 듯 조롱하며 웃고 있었다.

"이건 우연의 일치일 리가 없어."

그는 결국 이렇게 소리치며 의자에서 벌떡 일어나더니, 방안을 미친 듯이 걸어 다녔다.

"단지 우연의 일치라는 건 불가능해. 드리버 사건에서 내가 의심을 품었던 바로 그 알약이 실제로 스탠거슨이 죽은 후에 발견되었어. 그런데 효과가 나타나질 않아. 이게 무슨 뜻이지? 분명 내 모든 추리의 연결고리는 틀릴 리가 없어. 그건 불가능하지! 그런데 이 불쌍한 개는 조금도 나빠지지 않았어. 아, 알았다! 알았어!"

그는 기쁨의 함성을 크게 내지르며 약상자 앞으로 달려가, 다른 하나의 알약을 잘라 두 개로 나눈 뒤, 녹여서 우유에 넣고 테리어에게 주었다. 불행한 개가 그 접시에 혀를 적시자마자 네 다리에 급격한 경련을 일으키기 시작했고, 번개에 맞은 것처럼 굳어서 죽고 말았다.

셜록 홈즈는 긴 숨을 내쉬며 이마의 땀을 닦았다.

"좀 더 확신을 가져야했군요."

그가 말했다.

"긴 추리의 연쇄 고리에 반하는 사실이 나타났을 때에는, 반드시 그에 부합하는 다른 해석이 있다는 걸 이 번에 알았어야 했습니다. 그 상자에 있던 두 개의 알약 중 하나는 치명적인 독이었고, 다른 하나는 전혀 해가 없는 것이었지요. 이런 건 그 상자를 보기도 전에 알았어야 했습니다."

그 마지막 말은 너무 놀라웠기 때문에, 그가 멀쩡한 정신이라고 믿기 어려울 정도였다. 그러나 죽은 개가 그의 추리가 옳다는 걸 증명해주고 있었다. 내 마음 속에 있던 안개가 서서히 걷히고, 진실이 희미하고 어렴풋하게나마 보이는 것 같았다.

"여러분에게는 모든 것이 이상하기만 할 겁니다."

홈즈가 말을 계속했다.

"수사 초기, 여러분 앞에 진짜 단서가 하나 있었는데 그 중요성을 파악하지 못했기 때문이지요. 나는 다행히도 그걸 파악했고, 그 뒤에 일어난 모든 사건은 내가 처음 세웠던 가설이 옳다는 걸 확인해주었습니다. 그건 정말 논리적인 결과였지요. 그러므로 여러분을 당혹하게 만들고, 사건을 더욱 알 수 없게 했던 것들이 나에게는 가르침을 주었고, 내가 내린 결론을 강화해준 겁니다. 불가사의한 것과 이상한 것을 혼동하는 건 잘못이요. 평범한 장소에서 벌어진 범죄가 가끔은 가장 불가사의한 경우가 있습니다. 왜냐하면, 추론을 이 끌어낼 만한 새로운 것이나 특징이 없기 때문이지요. 만일 피살자의 시체가 이 사건을 놀라운 것으로 만든 기괴하고 충격적인 부재료들이 없이 그저 길가에 쓰러진 채로 발견되었다면, 정말 극도로 해결하기 어려운 살인사건이 되었을 겁니다. 이러한 이상한 부분들은 사건을 더 어렵게 만든 것이 아니라, 더 쉽게 만드는 효과를 주었지요."

상당한 인내심으로 이 연설을 듣고 있던 그렉슨 씨가 더 이상 참지 못하고 나섰다.

"잠깐만요, 셜록 홈즈 씨."

그가 말했다.

"우리는 당신이 똑똑한 사람이라는 걸 이미 알고 있습니다. 당신만의 방법이 있다는 것도요. 하지만 우리가 바라는 것은 그저 이론이나 설교가 아닙니다. 이건 범인을 잡아야하는 사건이에요. 저도 사건 수사를 했지만, 저는 틀린 것 같군요. 차펜티어 청년이 이 두 번째 사건에 관련될 수는 없으니까요. 레스트레이드도 자신이 범인이라 생각한 인물, 스탠거슨을 쫓아갔지만, 그 역시 틀린 것 같습니다. 이런저런 암시를 던져주시는 것으로 보아 우리보다 많이 아시는 것 같은데, 이제 사건에 대해 얼마나 많이 알고 계시는지 직접 물어봐도 괜찮을 것 같군요. 범인의 이름을 알고 계십니까?"

"그렉슨의 말이 옳다는 생각이 듭니다."

레스트레이드가 말했다.

"우리 둘 다 노력했지만, 둘 다 실패하고 말았습니다. 홈즈 씨가 필요로 하는 모든 증거를 가지고 있다고 말하는 걸 이 방에 들어온 후로 한 번 이상은 들었어요. 더 이상은 감추지 마십시오."

"그 암살자를 체포하는 걸 더 이상 늦춘다면,"

내가 말했다.

"새로운 범행을 저지를 시간을 주는 것일세."

우리 모두가 이렇게 압박하자, 홈즈는 망설이는 모습을 보였다. 그는 고민에 빠졌을 때의 습관처럼, 고개를 푹 숙이고 이마를 찡그린 채 방 안을 계속해서 왔다 갔다 했다.

"더 이상 살인은 없을 겁니다."

마침내 그는 갑자기 멈춰 서더니 우리를 돌아보며 말했다.

"그 문제는 고려하지 않아도 됩니다. 그 암살자의 이름을 아느냐고 물었지요. 압니다. 하지만 그 자를 체포하는 것에 비교한다면, 이름을 아는 것은 그저 사소한 일에 불과하지요. 머지않아 그를 잡을 것이라 봅니다. 내가 짜놓은 계획을 통해서 잡을 수 있다는 큰 기대를 갖고 있습니다. 하지만 우리가 상대하는 자는 빈틈없고 필사적으로 행동하는 인물이며, 이미 입증된 바와 같이 그자만큼이나 영리한 공범의 도움을 받고 있기 때문에, 세심한 처리가 필요한 일이지요. 누군가 단서를 갖고 있다는 걸 이 자가 모르고 있는 한은 체포할 가능성이 있습니다만, 약간이라도 의심을 품는다면, 이름을 바꾸고 인구 4백만의 이 거대한 도시 속으로 사라져버릴 것입니다. 두 분의 감정을 다치게 할 의도는 아닙니다만, 이들은 경찰이 상대할 수 있는 자들이 아니라고 생각했기에 여러분의 도움을 요청하지 않은 것이지요. 만일 실패한다면, 물론 내가 이 일에 대한 모든 비난을 받을 것이며, 그럴 준비가 되어 있습니다. 현재로서는, 내가 세운 계획이 실패할 위험이 없을 때가 오면 그 즉시 여러분에게 알려드릴 것을 약속하지요. 꼭 그렇게 하겠습니다."

그렉슨과 레스트레이드는 이러한 보장의 말과 경찰을 평가절하하는 이야기에 불만스러운 것 같았다. 그렉슨은 그의 담황색 머리카락 뿌리 있는 데까지 얼굴이 빨갛게 되었고, 레스트레이드의 작고 반짝이는 동그란 눈은 호기심과 분함으로 빛났다. 하지만 그 둘이 무슨 말을 하기도 전에 문을 두들기는 소리가 들렸고, 거리의 부랑아 대표인 위긴스가 천하고 불쾌한 모습을 나타냈다.

"선생님."

그는 정중하게 인사하며 말했다.

"아래층에 마차가 와있습니다."

"잘했구나."

홈즈는 부드럽게 말했다.

"런던 경찰청에서 이런 형태의 제품을 사용하면 어떨까요?"

그는 서랍에서 강철 수갑을 한 쌍 꺼내면서 말을 계속했다.

"스프링이 얼마나 멋지게 작동하는지 보십시오. 즉각적으로 채워지지요."

"예전 제품으로도 충분합니다."

레스트레이드가 말했다.

"그걸 채울 범인을 찾기만 하면 말입니다."

"좋습니다. 아주 좋아요."

홈즈는 웃으며 말했다.

"마부가 짐을 옮기는 걸 도와주면 좋겠군. 위긴스, 내려가서 부탁해보아라."

나는 내 동료가 곧 여행을 떠날 것처럼 말하는 걸 듣고 놀랐다. 나에게는 그런 말을 전혀 하지 않았기 때문이었다. 방 안에 작은 여행 가방이 하나 있었는데, 그는 이걸 꺼내 와서 끈으로 묶기 시작했다. 그가 열심히 짐을 꾸리고 있을 때 마부가 방 안으로 들어왔다.

"이보게 마부, 이 벨트를 채우는 걸 도와주게나."

그는 무릎을 굽힌 채 짐을 꾸리면서, 돌아보지도 않고 말했다. 마부는 좀 언짢고 무례한 기색으로 다가와서, 도와주려고 손을 내밀었다. 그 순간 날카로운 철컥 소리, 귀를 자극하는 금속성 소리가 들렸고, 셜록 홈즈는 벌떡 일어섰다.

"신사 여러분."

그는 눈을 반짝이며 소리쳤다.

"이노크 드리버와 조셉 스탠거슨을 살해한, 제퍼슨 호프 씨를 소개합니다."

모든 일은 순식간에 일어났다. 너무 빨라서 나에게는 실감할 시간조차 없었다. 나는 그 순간을 생생하게 기억하고 있다. 홈즈의 의기양양한 표정과 울려 퍼지던 그의 목소리, 마치 마술처럼 나타나 자신의 손목에 채워진 번쩍이는 수갑을 노려보던 마부의 멍하고도 사나운 얼굴. 잠깐 동안 우리는 한 무리의 조각상처럼 서 있었다. 그때 붙잡힌 자가 알아들을 수 없는 포효를 내지르더니, 몸을 비틀어 홈즈의 손을 뿌리치고 창문을 향해 몸을 날렸다. 창틀과 유리가 부서져 내렸지만, 그가 밖으로 나가기 전에 그렉슨과 레스트레이드, 홈즈가 세 마리의 스태그하운드[54]처럼 튀어나가 붙잡았다. 그는 방 안으로 끌려 들어왔고, 무서운 싸움이 벌어졌다. 너무도 힘이 세고 난폭했기 때문에 우리 넷은 그를 붙잡았다가 다시 또 놓치곤 했다. 간질병 환자가 경련을 일으키는 것 같은 급격한 힘이었다. 그의 얼굴과 손은 유리를 뚫고 나가려했을 때 생긴 상처로 심각했지만, 피를 흘리면서도 조금도 저항을 늦추지 않았다. 레스트레이드가 그의 목도리 밑으로 손을 넣어 반쯤 질식시킨 다음에야, 벗어나려고 애써도 소용없다는 것을 깨달았다. 그래도 우리는 그의 손뿐만 아니라 발까지 동여매기 전에는 마음을 놓지 못할 정도였다. 일을 끝내고 일어서니 우리 모두는 숨이 턱에 차 헐떡이고 있었다.

"이 자의 마차가 있습니다."

셜록 홈즈가 말했다.

"그걸로 런던 경찰청까지 데리고 가면 되겠군요. 자 그럼, 신사 여러분."

그는 만족스런 웃음을 지으며 말을 이었다.

"불가사의한 사건의 결말에 이르렀습니다. 이제 어떤 질문도 환영합니다. 대답을 거절할 만한 위험이 전혀 없으니까요."

---

54 staghound : 사슴 등을 사냥하던 큰 사냥개.

제2부

성자의 나라

제1장
알칼리 대평원에서

거대한 북미 대륙의 중앙에는 사람을 받아들이지 않는 불모의 사막이 있어서, 오랜 세월 동안 문명의 진입을 가로막는 장벽 역할을 해왔다. 그곳은 시에라네바다 산맥[55]에서부터 네브래스카[56]까지, 북쪽의 옐로스톤 강[57]에서 남쪽의 콜로라도[58]에 이르는 황폐하고 적막한 지역이다. 자연은 이 무자비한 지역 전체에 늘 같은 분위기를 준 건 아니었다. 그곳에는 꼭대기가 눈으로 덮인 높은 산과, 어둡고 음울한 계곡이 있다. 들쭉날쭉한 깊은 협곡 사이를 흐르는 급류도 있고, 겨울이면 눈으로 덮이고 여름에는 알칼리성 소금먼지로 덮여 회색으로 변하는 거대한 평원도 있다. 하지만 이 모든 지역은 황폐하고, 냉담하며, 고통스럽다는 공통점을 지니고 있다.

이 절망의 땅에는 아무도 살지 않는다. 포니 족[59]이나 블랙피트 족

---

55 Sierra Nevada : 캘리포니아 동부에 있는 산맥. 서쪽에는 비가 많이 내리나, 네바다 쪽인 동쪽은 사막을 이룬다. 1848년에 금이 발견되어 골드러시가 일어났다.

56 미국 중북부 내륙 평야에 있는 주(州).

57 미국 중북부를 흐르는 강.

58 미국 중서부에 있는 주(州)로, 서쪽에 로키산맥이 있다.

59 Pawnees : 북미 인디언 부족 중의 하나.

⁶⁰ 무리가 다른 사냥터로 가기 위해서 이따금 횡단할 때도 있지만, 가장 용맹스러운 이들도 그 두려운 평원을 벗어나 자신들의 목초지에 도착하기만을 바랬다. 코요테는 덤불 속에 숨어 있고, 대머리수리는 무거운 날갯짓으로 공중을 날아다니고, 둔한 회색곰은 검은 협곡을 쿵쿵거리며 걷다가 바위 사이에 사는 먹잇감을 잡아들인다. 황무지에서 살아가는 건 이들 뿐이다.

시에라 블랑코⁶¹의 북쪽 비탈면에서 바라보는 풍경보다 더 황량한 곳은 이 세상에 없을 것이다. 거대한 평원 어디를 바라봐도 자그마한 떡갈나무 덤불이 군데군데 있을 뿐, 모두가 알카리성 먼지로 덮여있다. 지평선 저 끝에는 들쭉날쭉한 봉우리 위에 눈을 점점이 얹은 높은 산들이 줄지어 늘어서 있다. 이 넓게 뻗은 광활한 지역에는 생명의 징후도, 생명에 관계된 어떤 것도 존재하지 않는다. 강철처럼 푸른 하늘에는 새 한 마리 없고, 음울한 회색 땅에는 아무런 움직임이 없다. 무엇보다도 그곳엔 완전한 침묵뿐이다. 귀를 기울여 봐도 거대한 황무지에선 소리의 그림자조차 없이 침묵만이 있다. 가슴을 짓누르는 절대적인 침묵.

그 드넓은 평원에 생명과 관계된 것은 하나도 없다고 앞서 말했다. 그건 완전히 맞는 말은 아니다. 시에라 블랑코에서 아래쪽을 내려다보면 사막을 횡단하는 작은 길이 하나 보이는데, 그 길은 굽이쳐 흘러 저 먼 곳으로 사라져 버린다. 그곳에는 마차 바퀴 자국과 수

---

60 Blackfeet : 북미 인디언 부족 중의 하나로 주로 미국 몬태나, 캐나다 앨버타에 거주. 블랙풋(Blackfoot)이라고도 한다.
61 미국 콜로라도 주에 있는 산맥.

많은 모험가들이 밟고 지나간 자국이 남아있다. 여기저기에는 우중충한 알칼리성 퇴적물을 배경으로 햇빛에 반짝이는 하얀 물체가 흩어져 있다. 가까이 가서 살펴보라! 그건 유골이다. 어떤 것은 크고 굵으며, 다른 어떤 것은 작고 가냘프다. 전자는 소의 유골이고, 후자는 사람의 것이다. 천오백 마일에 이르는 이 무시무시한 대상로(隊商路)를 따라가 보면, 길가에 쓰러진 자들의 유골이 이처럼 흩어져 있다.

1847년 5월 4일, 바로 이 광경을 내려다보며 서 있는 한 외로운 여행자가 있었다. 그의 외모는 마치 그 지역에 오랫동안 있었던 수호신이나 귀신같은 모습이었다. 겉으로 봐서는 그가 마흔 정도인지 예순 정도인지 알 수가 없었다. 얼굴은 야위고 수척했으며, 갈색 양피지 같은 피부는 불거진 뼈에 바짝 달라붙어 있었다. 긴 갈색 머리와 턱수염은 모두 흰색으로 얼룩덜룩하게 물들어 있었고, 움푹 들어간 눈은 기괴한 빛으로 불타고 있었으며, 소총을 움켜쥔 손은 뼈 위에 겨우 살갗이 붙어있는 정도였다. 그는 자신의 무기에 기대어 서 있었지만, 큰 키와 강대한 골격은 원래 강인하고 단단한 체격이라는 걸 짐작하게 했다. 그러나 야윈 얼굴과 쭈그러든 팔다리에 헐렁하게 걸쳐진 옷 때문에 나이 들고 노쇠한 모습이 될 수밖에 없었다. 그 남자는 죽어가고 있었다. 굶주림과 목마름으로 죽어가고 있었다.

그는 물을 찾고자 하는 헛된 희망을 안고, 기를 쓰고 협곡을 내려와 이 작은 언덕에 오른 것이다. 눈앞에는 거대한 소금 평원이 펼쳐져 있고, 저 멀리에는 잔혹한 산맥이 있을 뿐 물이 있다는 걸 알려주는 나무 한 그루, 풀 한 포기도 없었다. 광대한 풍경 어디에도 희망의 빛은 보이지 않았다. 북쪽, 남쪽, 그리고 서쪽을 갈구하는 눈빛으로 미친 듯이 살펴본 뒤에 그는 자신의 방랑이 끝에 다다랐다는 것을, 그곳 불모의 바위산 위에서 죽게 되리란 것을 깨달았다.

"여기라고 안 될 것이 뭐 있겠는가? 지금부터 이십 년 후 깃털 침대 위에서 죽는 거나 마찬가지인 것을."

그는 둥근 바위로 둘러싸인 곳에 앉으며 중얼거렸다.

앉기 전에 그는 쓸모없는 소총을 땅 위에 내려놓았고, 회색 숄로 묶어 오른쪽 어깨에 메고 다니던 커다란 짐도 역시 내려놓았다. 그의 체력으로는 너무 무거웠던 모양인지, 짐을 내려놓을 때 약간 충격이 있었다. 그러자 회색 꾸러미 안에서 투덜대는 작은 비명 소리가 터져 나왔고, 아주 밝은 갈색 눈을 지닌 작고 겁먹은 얼굴과 얼룩덜룩하고 잘록한 주먹 두 개가 튀어나왔다.

"아프잖아요!"

어린아이 목소리가 꾸짖으며 말했다.

"그랬느냐?"

그 남자는 미안하다는 듯 말했다.

"일부러 그런 건 아니란다."

그는 이렇게 말하면서 회색 숄을 풀어 다섯 살 정도 되는 예쁘장한 여자 아이를 꺼내주었다. 그 아이는 고상한 신발과 작은 린넨 앞치마가 달린 맵시 있는 분홍 원피스를 입고 있었는데, 그 모두가 어머니의 손길을 나타내고 있었다. 아이는 핼쑥하고 창백했지만, 건강한 팔과 다리는 그 남자보다 고생을 덜했다는 걸 보여주고 있었다.

"이제 어떠냐?"

아이가 여전히 뒤통수 쪽, 헝클어진 금발머리 위를 문지르고 있었기에, 그는 걱정스럽게 물었다.

"여기에 뽀뽀해서 낫게 해줘요."

아이는 다친 부위를 보이면서 아주 진지하게 얘기했다.

"엄마가 그렇게 해줬어요. 엄마는 어디 있어요?"

"엄마는 갔단다. 머지않아 만나게 될 거야."

"갔다고요, 어!"

어린 여자아이가 말했다.

"이상해요. 안녕 인사도 하지 않았는데요. 이모네 차를 마시러 갈 때도 언제나 했는데, 지금은 사흘이나 지났잖아요. 에이, 너무 목이 마르지 않아요? 여긴 물도 없고 먹을 것도 없어요?"

"그래. 아무 것도 없단다, 얘야. 조금만 참고 있어라. 그러면 괜찮 아질 거야. 이렇게 나에게 머리를 기대고 있으면 훨씬 기분이 나아 질 거다. 입술이 가죽처럼 말라서 이야기하기가 힘들지만, 일이 어 떻게 된 것인지 최선을 다해서 이야기해주마. 그런데 가지고 있는 건 뭐냐?"

"예쁜 거! 멋진 거!"

작은 여자아이는 반짝이는 운모 조각 두 개를 쥐고, 열광적으 로 소리쳤다.

"집에 돌아가면 밥 오빠에게 줄 거예요."

"곧 그것보다 더 예쁜 걸 보게 될 거다."

그 남자는 자신 있게 말했다.

"조금만 기다리면 돼. 그런데, 얘기해주려던 중이었구나. 강을 떠 나온 걸 기억하느냐?"

"오, 그럼요."

"음, 우리는 또 다른 강을 곧 만나게 되리라 생각했단다. 그건 알거다. 그런데 뭔가 잘못되었어. 나침반이나 지도, 뭐 다른 것들이 제대로 되질 않았던 거야. 그리고 강은 나타나지 않았지. 물이 떨어졌어. 너 같은 애한테 줄 몇 방울 밖에는 남지 않았다. 그래서……, 그래서……."

"그래서 씻지 못한 거군요."

그의 더러운 얼굴을 바라보며 아이가 진지하게 말했다.

"맞아. 마실 것도 없었으니까. 그래서 벤더 씨가 제일 먼저 죽고, 다음엔 인디언 피트, 그 다음엔 맥그리거 부인, 그 다음에 조니 혼즈, 그리고 다음은, 얘야. 네 어머니였단다."

"그러면 엄마도 죽었군요."

작은 여자아이는 앞치마에 얼굴을 파묻고 서글프게 울었다.

"그래. 너하고 나만 남고 모두 가버렸구나. 그다음에 나는 이쪽 방향으로 오면 물을 찾을 수 있을까 하는 생각에, 너를 어깨에 메고 걸어온 거란다. 우리 상황은 더 나아진 것 같지 않구나. 이제 우리에겐 희망이 거의 없어!"

"우리도 역시 죽는다는 말이에요?"

그 아이는 울음을 멈추고, 눈물로 얼룩진 얼굴을 들어 올리면서 물었다.

"아마도 그렇게 될 것 같구나."

"왜 미리 말해주지 않았어요?"

여자 아이는 기쁘게 웃으며 말했다.

"아저씨 때문에 겁이 많이 났잖아요. 그러니까, 우리가 죽으면 당연히 엄마를 다시 만나게 되는 거겠지요."

"그래. 만날 거다. 아가야."

"아저씨도요. 아저씨가 내게 얼마나 잘해줬는지 엄마한테 말할 거예요. 엄마는 틀림없이 물 한 주전자하고, 밥 오빠와 내가 좋아하는 메밀 케이크를 따끈하게 구워서 한 가득 양 손에 들고, 천국 문 앞에 마중 나올 거예요. 거기 가려면 얼마나 걸릴까요?"

"글쎄다. 오래 걸리진 않을 거다."

그 남자의 눈은 북쪽 지평선을 응시하고 있었다. 푸른 하늘에는 세 개의 작은 점이 나타났다가, 점점 커지더니 빠른 속도로 다가왔다. 그 점들은 순식간에 세 마리 커다란 갈색 새로 변했고, 두 방랑자의 머리 위를 빙 돌더니, 그 두 사람을 바라볼 수 있는 돌 위에 자리 잡았다. 그 새들은 서부의 독수리, 죽음의 전조로 나타나는 대머리수리였다.

"암탉과 수탉이네."

작은 여자아이는 그 흉조를 가리키며 즐거운 듯 소리치더니, 손뼉을 쳐서 새들을 날아가게 하려했다.

"저기요, 이 땅도 하느님이 만든 건가요?"

"물론이지. 하느님이 만드셨단다."

예상치 못한 질문에 남자는 좀 당황스러웠다.

"하나님은 일리노이[62]의 땅도 만들고, 미주리[63]도 만들었어요."

---

62 Illinois : 미국 중부에 있는 주.

63 Missouri : 일리노이와 인접해 있는 미국 중부의 주.

작은 여자아이는 말을 계속했다.

"여기 있는 땅은 다른 이가 만든 것 같아요. 잘 만들지 않았잖아요. 물도 나무도 잊어버렸어요."

"기도를 하면 어떻겠니?"

남자는 머뭇거리면서 물었다.

"아직 밤이 아닌데요."

여자 아이가 대답했다.

"괜찮다. 원래는 아니지만, 하느님은 신경 쓰시지 않을 거다. 우리가 평원에 있을 때에 매일 밤 마차에서 했던 기도를 해 보거라."

"아저씨가 하면 안 돼요?"

어린아이는 의아한 눈빛으로 물었다.

"나는 잊어버려서 그런단다."

그가 대답했다.

"저 총의 반 정도 되는 키였을 때부터 기도는 한 번도 해본 적이 없어. 그래도 너무 늦은 건 아니겠지. 네가 기도하면 내가 듣고서 따라서 하마."

"그러면 무릎을 꿇어야 해요. 나도 같이요."

아이는 기도하기 위해 숄을 깔면서 말했다.

"손을 이렇게 드세요. 기분이 좋아질 거예요."

대머리수리 외에는 그 자리에서 볼 사람이 없었지만, 그건 낯선 광경이었다. 좁은 숄 위에 방랑자 두 명이, 재잘거리는 작은 아이와 거칠고 굳센 모험가가 나란히 무릎 꿇고 앉았다. 그 여자아이의 통통한 얼굴과 남자의 야위고 뼈가 앙상한 얼굴은 구름 한 점 없는 하늘을 올려다보았고, 자신들이 직면하고 있는 저 두려운 존재에게 진심어린 애원을 담아 기도를 했다. 가늘고 맑은 목소리와 낮고 거친 목소리, 그 두 목소리는 자비와 용서를 구하는 간절한 기원으로 하나가 되었다. 기도를 끝낸 후 그들은 둥근 바위 뒤 그늘에 있는 자리로 돌아갔고, 아이는 보호자의 넓은 가슴을 보금자리 삼아 잠이 들었다. 남자는 아이가 자는 모습을 한동안 지켜보았지만, 자연의 힘은 너무도 강했다. 사흘 낮, 사흘 밤을 그는 쉬지도 잠을 자지도 않았다. 천천히 눈꺼풀이 내려와 피곤한 눈을 덮었고, 머리도 점점 가슴 쪽으로 숙여져 그 남자의 회색 수염과 아이의 금색 머리칼이 서로 뒤섞이며, 두 사람은 꿈도 꾸지 않는 깊은 잠에 함께 빠져들었다.

그 방랑자가 30분만 더 깨어있었다면 이상한 장면을 목격했을 것이다. 알칼리 평원의 저 먼 끝에서 먼지가 작은 물보라처럼 피어올랐는데, 처음에는 멀리 있는 안개와 구분하기 힘들 정도였지만 점점 커지고 넓어지면서 짙고 선명한 구름이 되었다. 그 구름이 계속 커지면서 수많은 동물의 대집단이 이동하면서 일으키는 먼지라는 것이 확실해졌다. 그곳이 좀 더 비옥한 땅이었다면, 대초원에서 풀을 뜯는 거대한 들소 떼가 다가오는 것이라고 판정했을 것이다. 이와 같은 불모의 황무지에서 그건 분명 불가능했다. 그 먼지 소용돌이가 버림받은 두 명이 휴식을 취하고 있는 외딴 절벽에 가까워짐에 따라, 천막으로 포장을 친 짐마차와 무장한 기수들이 안개 사이로 모습을 나타냈고, 환영 같은 형체는 서부로 가는 거대한 이주민 행렬이라는 것이 밝혀졌다. 하지만, 엄청난 행렬이었다! 행렬의 선두가 산기슭에 도착했을 때도 후미는 아직 지평선 위에 보이지 않았다. 그 거대한 평원을 곧장 가로질러, 포장마차와 이륜마차, 말 위에 탄 사람들, 걷는 사람들이 삼삼오오 줄을 지어 이어져 있었다. 셀 수 없이 많은 여인들이 짐을 이고 비틀거리며 걷고 있었고, 아이들은 포장마차 옆에서 아장아장 걷거나 마차의 흰 덮개 아래서 밖을 내다보고 있었다. 이건 분명 평범한 이주민이 아니라, 억압받는 상황에서 빠져나와 자신들의 새로운 나라를 찾아 나설 수밖에 없었던 유랑민이었다. 맑은 대기 속으로 이 거대한 사람들의 무리에서 일어나는 혼란스런 덜그럭 소리, 떠드는 소리, 말울음 소리와 마차바퀴가 삐걱거리는 소리가 울려 퍼졌다. 그 소리는 시끄러웠지만, 위편에 잠들어 있는 두 명의 피로한 여행자를 깨울 정도는 아니었다.

행렬의 선두에는 근엄하고 무표정한 얼굴을 한 스무 명 정도의 사람들이 있었는데, 어둡고 소박한 옷차림에 소총으로 무장하고 있었다. 벼랑 아래에 다다르자 그들은 멈춰서더니 짧은 회의를 열었다.

"형제여, 샘물은 오른쪽에 있습니다."

회색 머리에 입매가 매섭고 깨끗이 면도를 한 사람이 말했다.

"시에라 블랑코의 오른쪽으로 갑시다. 그러면 리오 그란데[64]로 갈 수 있습니다."

다른 사람이 말했다.

"물 걱정은 할 필요 없습니다."

세 번째 사람이 말했다.

"그분은 바위에서도 물을 길어내는 분이시니, 그분이 선택한 백성

---

64 Rio Grande : 미국과 멕시코를 통하는 강. 콜로라도에서 시작해서 멕시코 만으로 이어진다.

을 이제 버리지는 않으실 것입니다."

"아멘! 아멘!"

모두가 그 말에 응답해 소리쳤다.

그들이 다시 여행을 시작하려고 할 때, 그중 가장 젊고 시력이 좋은 이가 크게 외치며 위쪽에 있는 험한 바위산을 가리켰다. 그 꼭대기에서 작은 분홍색 물체가 펄럭이고 있는 것이 회색 바위를 배경으로 확실하고 선명하게 보였다. 그 모습을 보자 그들은 고삐를 당겨 말을 멈추고 어깨에 멘 총을 끌어내렸다. 젊은 기수들은 선두를 강화하기 위해 급히 달려왔다. 〈레드 스킨〉[65]이란 단어가 모두의 입에서 나왔다.

"이곳엔 인디언이 단 한 명도 있을 수 없다."

지도자로 보이는 중년의 남자가 말했다.

"우리는 포니족의 땅을 지나왔고, 대산맥을 넘을 때까지 다른 종족은 없어."

"스탠거슨 형제여, 제가 가서 살펴볼까요?"

무리 중 한 명이 물었다.

"저도 가겠습니다."

"저도요."

십여 명이 소리쳤다.

"아래쪽에 말을 놓아두고 가거라. 우리는 여기서 기다리겠다."

그 즉시 청년들은 말에서 내려와 자신의 말을 묶어놓은 후, 호기

---

65 Redskin : 레드 스킨 또는 레드 인디언(Indian)은 아메리카 원주민을 가리키는 말. 주로 모욕적인 표현으로 쓰인다.

심을 불러일으킨 그 물체를 향해서 험한 비탈면을 오르기 시작했다. 그들은 훈련된 정찰병과 같이 기민하고 대담하게, 소리도 없이 빠른 속도로 올라갔다. 아래쪽 평원에서 바라보는 사람들은 그들이 바위에서 바위로 훌쩍 날아오르기를 거듭해서 마침내 하늘을 배경으로 우뚝 선 모습을 볼 수 있었다. 제일 먼저 그 물체를 발견했던 청년이 선두에 서 있었다. 뒤를 따르던 청년들은 그가 무언가에 놀랐는지 손을 번쩍 드는 걸 보았다. 다가가보니 눈앞에 펼쳐진 광경에 그들도 역시 똑같이 놀랄 수밖에 없었다.

불모의 산 위에 자리 잡은 작은 평지에는 거대하고 둥근 바위가 홀로 우뚝 서 있었고, 그 바위에 기대어 키 큰 남자가 누워있었다. 그는 수염이 길고 험상궂은 얼굴이었지만, 심하게 여위어 있었다. 그의 평온한 얼굴과 규칙적인 숨소리를 볼 때 깊이 잠들어 있다는 걸 알 수 있었다. 그 남자의 옆에는 한 아이가 누워있었는데, 통통한 하얀 팔을 힘줄이 불거진 그의 갈색 목에 두르고, 금발 머리는 벨벳 윗도리를 입은 그의 가슴에 대고 있었다. 장밋빛 입술은 벌어져 있어 고르게 난 새하얀 치아가 보였고, 장난기어린 미소가 천진스런 얼굴에 나타나 있었다. 하얀 양말을 신은 작고 흰 다리와 반짝이는 버클을 단 아담한 신발은 그 남자의 길고 말라비틀어진 다리와 묘한 대조를 이루고 있었다. 이 이상한 남녀의 위편에 있는 바위 턱에는 세 마리 대머리수리가 근엄하게 앉아 있다가, 새로운 사람들이 온 것을 보고는 실망한 듯 귀에 거슬리는 소리를 내지르더니, 날개를 퍼덕이며 느리게 날아갔다.

기분 나쁜 새 울음소리는 자고 있던 두 사람을 깨웠고, 그 둘은 어리둥절해하며 눈을 크게 떴다. 남자는 비틀거리며 일어나 평원을 내려다보았다. 잠이 덮쳐왔을 때에는 그렇게도 황량한 땅이었는데, 지금은 엄청난 사람과 짐승의 행렬이 그곳을 길게 가로지르고 있었다. 그는 자신이 보는 풍경을 믿을 수 없다는 표정을 하며, 뼈만 앙상한 손으로 눈을 비벼댔다.

"이것이 사람들이 말하는 환상이려나."

그가 중얼거렸다. 아이는 그의 옷자락을 붙잡고 옆에 서서 아무 말도 하지 않았지만, 어린애다운 호기심과 궁금증으로 주위를 살펴보았다.

구조대는 두 조난자에게 그들의 모습이 환상이 아니란 걸 금방 확인시켜 주었다. 그들 중 한 명이 작은 여자아이를 붙잡아 어깨 위에 올렸고, 다른 두 명은 몹시도 여윈 남자를 부축해서 마차까지 갈 수 있게 도왔다.

"내 이름은 존 페리어라고 하오."

방랑자가 설명했다.

"모두 스물한 명이었는데 나와 저 작은 아이만 살아남았지요. 다른 사람들은 남쪽에서 목마름과 굶주림으로 모두 죽고 말았소."

"저 아이는 당신 아이입니까?"

누군가가 물었다.

"이제 그렇다고 해야겠지요."

남자는 도전적으로 소리쳤다.

"내가 구했으니 내 자식이오. 아무도 내게서 저 아이를 빼앗아가지 못하오. 저 애는 오늘부터 루시 페리어요. 그런데 당신들은 누구시오?"

그는 건장하고 햇볕에 그을린 구조자를 호기심어린 눈으로 보며 말을 이었다.

"사람들이 아주 많은 것 같군요."

"거의 만 명 가까이 됩니다."

청년 중 한 명이 말을 했다.

"우리는 박해받는 신의 자녀들입니다. 모로나이 천사[66]의 선택을 받은 백성이지요."

"그런 이름은 들어본 적이 없소."

방랑자가 말했다.

"굉장히 많은 사람들을 선택한 모양이군요."

"신성한 이름을 희롱해서는 안 됩니다."

다른 한 명이 단호하게 말했다.

"우리는 금판 위에 이집트 글자로 새겨져, 팔미라[67]에서 성(聖) 조셉 스미스[68]께 전해진 거룩한 경전을 믿는 사람들입니다. 우리는 일리노이 주에 있는 나부에서 왔는데, 그곳에 우리의 회당을 설립했었습니다. 난폭한 자들과 믿음이 없는 자들을 피해 안전한 곳을 찾아가고 있습니다. 그곳이 사막의 한가운데 있더라도 말이지요."

나부라는 이름이 존 페리어의 기억을 분명하게 상기시켰다.

"알겠소."

---

66 모르몬교의 천사.

67 서아시아 시리아에 있는 고대 도시. 구약성서에서는 솔로몬 왕이 세운 도시라 한다.

68 Joseph Smith (1805 - 1844) : 모르몬교를 설립한 초대 회장.

그가 말했다.

"당신들은 모르몬교도[69]이군요."

"우리는 모르몬교도입니다."

청년들은 한 목소리로 대답했다.

"그러면 어디로 가는 거요?"

"모릅니다. 하느님의 손이 선지자를 통해서 우리를 인도하십니다. 당신을 선지자께 데려갈 겁니다. 그분이 당신을 어떻게 할 지 말씀 해주시겠지요."

이때, 그들은 바위산 기슭에 도달했는데, 수많은 순례자 무리가 그들을 둘러쌌다. 창백한 얼굴에 순해 보이는 여자들, 건강하고 웃고 있는 아이들, 걱정스럽고 진지한 눈으로 보고 있는 남자들이었다. 낯선 이들 중 하나는 어리고, 다른 이는 극도로 마른 것을 보자, 많은 사람들이 놀라움과 동정의 탄성을 질렀다. 하지만 두 사람을 호송하는 건 거기서 멈추지 않고 계속 나아가, 거대한 모르몬교도 무리를 거느린 채, 외양이 눈에 띄게 크고 화려하며 세련된 마차 앞

---

69 모르몬교의 정식 이름은 예수 그리스도 후기성도 교회(The Church of Jesus Christ of Latter-day Saints)이고, 기독교계 종교로서 1830년 뉴욕에서 조셉 스미스와 다른 교회에 소속된 적이 없는 6명이 설립했다. 조셉 스미스가 모로나이 천사의 지시로 땅 속에 묻힌 고대 금판을 발견하고, 그것을 번역한 것이 《모르몬경》이다. 《성경》외에 이 《모르몬경》, 《교리와 성약》, 《값진 진주》의 네 가지 경전이 있다. 가톨릭, 개신교와 교리면에서 여러 가지가 다르고, 특히 교회 회장을 살아있는 선지자로 대하며, 예수가 재림하여 지상에 천년왕국을 건설할 것과, 그 천년왕국의 중심인 시온이 미국대륙에 세워질 것이라고 믿는다. 1844년 반대자들에 의해 조셉 스미스가 살해당하고, 많은 충돌이 일어나자, 후계자 브리검 영은 신도들과 함께 로키산맥을 넘어 유타 주로 이동한다. 현재 교회 본부도 유타 주 솔트레이크 시에 있다.

으로 도달했다. 다른 마차는 두 필, 많아봐야 네 필의 말이 끄는 것과 달리 이 마차는 여섯 필이 끌고 있었다. 마부 옆에는 한 남자가 앉아 있었는데, 아직 삼십대를 넘지 않았지만 커다란 머리와 단호한 표정이 지도자라는 걸 알려주고 있었다. 그는 갈색 표지 책을 읽고 있다가 많은 사람들이 다가오자 옆에 내려놓고는 무슨 일이 있었는지에 대한 설명을 주의 깊게 들었다. 그리고는 두 조난자를 향했다.

"우리가 이자를 데려가려면,"

그는 근엄한 어조로 말했다.

"우리 교의를 믿는 신자라야만 가능하다. 양떼들 안에 늑대를 둘 수는 없는 법. 당신이 후일에 과실 전체를 썩게 하는 작은 반점이 될 거라면, 차라리 이 황무지에서 백골이 되도록 두는 편이 낫다. 이 조건을 알고 우리와 함께 가겠는가?"

"어떤 조건이라도 함께 가겠소."

페리어가 힘주어 말하자 근엄한 장로들은 웃음을 감추지 못했다. 지도자만이 여전히 단호하고 엄숙한 표정이었다.

"스탠거슨 형제여, 이들을 데려가라."

그가 말했다.

"먹을 것과 마실 것을 줘라. 저 아이도 함께. 우리의 신성한 교의를 가르치는 것도 자네의 임무로 맡기겠다. 더 이상 지체할 수가 없노라. 전진! 시온을 향하여!"

"시온을 향하여!"

모르몬 교도들이 다 함께 소리쳤고, 이 말은 입에서 입으로 전해져 물결처럼 긴 대열을 따라가다가, 저 먼 곳으로 흐릿한 속삭임이 되어 사라졌다. 채찍 소리, 바퀴의 삐걱 소리와 함께 거대한 마차 행렬이 움직이기 시작했고, 곧 전체 대열이 다시 굽이쳐 흐르기 시작했다. 두 방랑자를 맡은 장로는 그들을 자신의 마차로 데려갔고, 그곳엔 벌써 음식이 준비되어 있었다.

"이곳에 머무르시오."

그가 말했다.

"며칠 지나면 피로가 회복될 거요. 무엇보다도, 당신은 이제부터 영원히 우리 신자라는 걸 명심하시오. 브리검 영께서 말씀하셨으니, 조셉 스미스의 목소리로 말씀하신 것이며, 그것이 바로 하느님의 목소리인 것이오."

제2장
유타의 꽃

이 글은 모르몬교도 이주자들이 자신들의 마지막 안식처를 찾기까지 견뎌야했던 시련과 고난을 기념하고자 하는 자리가 아니다. 미시시피 강가에서 로키 산맥의 서쪽 경사면에 이르기까지, 그들은 역사상 거의 유례가 없는 불굴의 정신으로 계속 헤쳐 나갔다. 야만인, 야생 동물, 굶주림, 목마름, 피로와 질병, 자연이 주는 이 모든 장애를 앵글로 색슨 민족의 끈기로 극복해낸 것이다. 그러나 긴 여행과 거듭된 위협은 그들 중 가장 강인한 마음을 지닌 사람조차도 동요를 일으키게 했다. 그랬기에, 쏟아지는 햇빛이 가득한 유타의 광활한 골짜기를 보았을 때, 지도자가 이곳이 약속된 땅이며 이 처녀지가 영원히 그들의 것이라고 말했을 때 무릎을 꿇고 진심어린 기도를 하지 않은 사람은 한 명도 없었다.

영은 자신이 확고한 지도자일 뿐 아니라 능숙한 행정가라는 걸 즉각 증명해보였다. 지도와 수로도가 만들어졌고, 그걸 바탕으로 장래의 도시가 구상되었다. 주변의 농지는 각각 개인의 신분에 맞는 비율로 할당되고 분배되었다. 상인은 장사를 시작했고, 기술자는 각자의 직업에 종사했다. 마치 마법처럼 마을에는 도로와 광장이 생겨났다. 농장에 배수로와 울타리를 만들고, 씨를 뿌리고 개간을 했으며, 다음 해 여름에는 밀 수확으로 마을 전체가 온통 황금빛을 이루었다. 이 낯선 이주지에서는 모든 것이 다 번성했다. 무엇보다도 그들이 마을 한가운데에 세우고 있던 회당은 점점 더 높아지고 커져갔다. 수많은 위험을 뚫고 안전하게 이끌어준 하느님을 위해 이주자들이 세우는 그 기념물에선, 새벽 동틀 무렵부터 해가 지고, 별이 뜰 때까지 망치질과 톱질 소리가 멈추지 않았다.

두 방랑자 존 페리어, 그리고 그와 운명을 함께 하고 그의 딸로 입양이 된 작은 여자아이는 모르몬교도와 대순례여행의 목적지까지 동행했다. 어린 루시 페리어는 스탠거슨 장로의 마차에서 그의 모르몬교도 세 아내와 고집 세고 조숙한 열두 살 남자 아이와 함께 즐겁게 지냈다. 어린아이다운 회복력으로 어머니를 잃은 충격에서 벗어난 루시는 이내 여자들의 귀염둥이가 되었으며, 움직이는 천막집에서의 새로운 생활에 적응하게 되었다. 그러는 동안 페리어는 쇠약했던 몸을 회복하였고, 유능한 안내자와 끈질긴 사냥꾼으로 두드러지는 활약을 했다. 곧 그는 새로운 동료들의 존경을 받게 되어, 방랑이 끝났을 때 지도자 영과 네 명의 최고 장로인 스탠거슨, 켐볼, 존스턴, 드리버를 제외한 다른 정착민과 똑같이 넓고 비옥한 토지를 그에게 제공하는 데에 모두가 만장일치로 동의했다.

존 페리어는 이렇게 얻은 농장에 튼튼한 통나무집을 지었고, 해마다 많은 증축을 해서 넓은 주택으로 만들었다. 그는 현실적인 사고방식을 가진 사람이었고, 민첩하게 일을 처리했으며, 손재주도 좋았다. 강철 같은 체력으로 그는 아침부터 저녁까지 농장에 나가 개

간하고 경작했다. 그래서 농장과 그가 하는 모든 일이 크게 번성하게 되었다. 3년이 지나자 그는 이웃사람들보다 잘 살게 되었고, 6년이 지나자 유복해졌으며, 9년이 지나자 부자가 되었고, 12년이 지나자 솔트레이크 시 전체를 통틀어 그와 비견할 사람은 여섯 명도 되지 않았다. 거대한 내해[70](內海)에서 멀리 워새치[71] 산맥에 이르기까지 존 페리어보다 유명한 사람이 없을 정도였다.

그에게는 한 가지, 같은 신자들의 감정을 상하게 하는 단 한 가지 점이 있었다. 아무리 의논을 하고 설득을 해도 다른 동료들처럼 여자와 결혼해 가정을 이루려고 하지 않는다는 점이다. 그는 고집스럽게 거부하는 이유를 말하지 않았고, 단호하고 완고하게 그의 결심을 고수할 뿐이었다. 그가 개종한 종교에 대해 열의가 없다고 비난하는 사람도 있었고, 어떤 사람은 그가 재산 욕심 때문에 돈을 쓰기가 싫어서 그런다고도 했다. 예전 연애 관계를 들먹이며, 금발의 여인이 대서양 바닷가에서 한탄하며 지내고 있다는 이야기도 나왔다. 이유가 무엇이든 간에, 페리어는 독신주의를 엄격하게 지켰다. 그는 다른 모든 점에서는 새로운 정착지의 종교를 따랐으며, 바른 길을 걷는 정통파라는 평판을 얻었다.

루시 페리어는 통나무집에서 자라면서, 양아버지가 하는 여러 가지 일을 도왔다. 산의 신선한 공기와 소나무의 발삼 향기는 어린 여자아이에게 유모가 되고 엄마가 되기도 했다. 해가 지남에 따라 그녀는 점점 더 키가 커지고 튼튼해졌다. 뺨은 불그스름해졌고 걸음걸

---

70 그레이트 솔트 호(湖)를 말함.
71 Wasatch : 미국 유타 주와 아이다호 주에 걸쳐 있는 산맥.

이는 탄력이 생겼다. 페리어 농장 옆의 큰 길을 지나는 많은 여행자들은 그녀가 유연하고 소녀다운 모습으로 밀밭을 가볍게 뛰어다니고, 아버지의 야생마 위에 올라 진정한 서부의 자식처럼 여유롭고 우아하게 말을 다루는 걸 보면서, 오랫동안 잊고 있었던 생각들이 마음속에 되살아나는 것을 느꼈다. 그렇게 봉오리는 꽃으로 활짝 피었고, 그녀의 아버지가 농부들 중 가장 큰 부자가 되었을 때, 그녀는 태평양 연안 지역 전체에서 더는 찾아보기 힘든 아름다운 미국 소녀의 표본이 된 것이다.

하지만 아이가 여인으로 변화한 것을 제일 처음 발견한 사람은 아버지가 아니었다. 그런 일은 거의 없다. 그 수수께끼 같은 변화는 날짜로 계산하기에는 너무 미묘하고 점진적인 것이었다. 무엇보다도 소녀 자신이, 목소리의 울림이라든가 손의 접촉만으로도 가슴이 떨리는 것을 알게 될 때에야, 자랑스러움과 두려움이 뒤섞인 심정으로 새롭고 더 큰 본성이 자신 안에서 깨어났음을 깨닫게 된다. 새로운 인생의 새벽을 알렸던 그 날이 생각나지 않고, 그 날 있었던 작은 사건이 기억나지 않는 사람은 거의 없을 것이다. 루시 페리어의 경우, 장래에 그녀의 운명과 많은 주변 사람들에게 미쳤던 영향은 차치하더라도 그 자체로 중대한 일이었다.

따뜻한 유월 아침, 후기성도[72]들은 자신들의 상징으로 삼고 있는 벌통 속의 벌처럼 바쁘게 일하고 있었다. 들판에도 거리에도 똑같이 사람들이 일하는 소리가 들렸다. 먼지가 자욱한 큰 길에는 무거운

---

72 모르몬교도를 말함. 이전 모르몬교에 대한 주석 참조.

짐을 진 노새들이 긴 행렬을 이루고 있었다. 그 모두가 서쪽을 향하고 있었는데 캘리포니아에서 금광 열풍이 불었고, 육로로 가는 길 도중에 이 선택받은 자들의 도시가 있기 때문이었다. 또한, 거기에는 멀리 떨어진 목초지에서 오는 양 떼와 거세한 수소 떼도 있었고, 끝없는 여행으로 사람과 말이 똑같이 지친 이주민 행렬도 있었다. 이 잡다한 무리를 뚫고, 루시 페리어가 능숙한 솜씨로 말을 타고 지나가고 있었다. 말을 모느라 그녀의 얼굴은 붉게 물들었고, 긴 밤색 머리는 등 뒤로 흩날렸다. 그녀는 시내에 있는 아버지가 맡긴 일로 달려가는 길이었는데, 지금까지 수없이 그래왔듯이 두려움을 모르는 젊은 혈기로 내달리며, 오직 맡은 일을 어떻게 처리할까 하는 생각뿐이었다. 여행에 지친 모험가는 놀라서 그녀를 바라보았고, 모피 옷을 입고 여행 중이던 감정에 휩쓸리지 않는 인디언조차도 평소의 금욕주의를 버리고 백인 소녀의 아름다움에 경탄했다.

도시의 변두리에 도착한 그녀는 평원에서 온 대여섯 명의 험상궂은 목동들이 몰고 있는 엄청난 소 떼로 길이 막혀있는 걸 보았다. 조급해하던 그녀는 틈이 보이자 이 장애물을 지나가려고 자신의 말을 그리로 밀어 넣었다. 가까스로 안으로 들어갔지만 어느새 그 짐승들은 그녀의 뒤로 가까이 다가왔고, 사나운 눈에 긴 뿔을 가진 수소들의 움직이는 대열 속에 파묻히고 말았다. 그녀는 소를 다루는데 익숙했기에 그런 상황 속에서도 놀라지 않았고, 행렬을 빠져나가기 위해 기회가 보일 때마다 말을 다그치며 나아갔다. 우연이었는지, 일부러 그런 것이었는지 모르지만, 불행히도 수소 중 하나가 뿔로 야생마의 옆구리를 거칠게 들이받았고, 말은 미친 듯이 흥분했다. 순식간에 말은 분노의 콧김을 내뿜으며 뒷발로 일어서서, 능숙한 기수가 아니라면 말에서 떨어질 정도로 날뛰고 몸을 흔들어댔다. 위험천만의 상황이었다. 흥분한 말이 뒷발질할 때마다 또다시 뿔에 받혔고, 그 자극에 말은 더욱 미쳐 날뛰었다. 소녀가 할 수 있는 일이라고는 안장 위에 매달려 있는 것일 뿐, 말에서 떨어지기라도 한다면 감당할 수 없이 겁먹은 짐승의 발굽 아래 처참한 죽음을 당하게 될 것이다. 겪어보지 못한 비상 상황에 그녀는 현기증이 나기 시작했고, 고삐를 잡은 손도 느슨해졌다. 피어오르는 먼지 구름과 서로 다투는 짐승들이 내뿜는 입김으로 숨이 막힌 그녀가 절망 속에 모든 노력을 포기하려는 순간, 옆에서 도와주겠다는 부드러운 목소리가 들렸다. 그와 동시에 힘 센 갈색 손이 겁먹은 말의 고삐를 잡더니, 소떼 사이를 헤치고 나아가 단숨에 바깥으로 데리고 나왔다.

"다치지 않으셨겠지요, 아가씨."

구출해준 사람이 공손하게 물었다.

그녀는 고개를 들어 그의 검게 그을리고 거친 얼굴을 보며 쾌활하게 웃었다.

"정말 무서웠어요."

그녀가 천진난만하게 말했다.

"저 판초[73]가 수많은 소떼를 보고 놀랄 줄 누가 생각이나 했겠어요?"

"안장에서 떨어지지 않아 다행입니다."

---

[73] 말 이름.

남자는 진심으로 말했다. 그는 키가 크고 거칠어 보이는 청년이었고, 건장한 얼룩말을 타고 허름한 사냥꾼 옷에 긴 소총을 어깨에 메고 있었다.

"존 페리어 씨의 따님이신 것 같군요."

그가 말했다.

"당신이 그 분 댁에서 말을 타고 나오는 걸 보았습니다. 아버지를 만나시면 세인트루이스의 제퍼슨 호프를 기억하시는지 물어봐 주십시오. 그 분이 페리어 씨가 맞는다면 제 아버지와 아주 친하셨습니다."

"직접 가서 물어보는 게 낫지 않을까요?"

그녀는 수줍어하며 물었다. 청년은 그 제안이 마음에 드는 듯, 검은 눈이 기쁨으로 반짝거렸다.

"그렇게 하겠습니다."

그가 말했다.

"우리가 산에서 지낸 지가 두 달이나 되었고, 게다가 남을 방문할 상태가 아니군요. 그건 아버님이 우리를 보시고 이해 해주셔야할 것 같습니다."

"아버지는 당신께 무척 고마워하실 거예요. 저도 그렇고요."

그녀가 대답했다.

"저를 끔찍이 사랑하시니까요. 만약 내가 소떼에 짓밟혔다면 그 분은 견뎌내지 못하실 거예요."

"저도 그럴 겁니다."

남자가 말했다.

"당신이요? 글쎄요, 아무리 해도, 당신과 상관있는 일 같진 않은 데요. 그쪽이 친구인 것도 아니잖아요."

이 말에 젊은 사냥꾼의 검은 얼굴이 어두워지자, 루시 페리어는 크게 웃었다.

"이봐요. 진심은 아니에요."

그녀가 말했다.

"당연히 우리는 이제 친구인 걸요. 꼭 우리 집으로 오셔야 해요. 이제 가야겠네요. 그러지 않으면, 아버지가 더 이상 저를 믿고 일을 시키지 않을 테니까요. 안녕히 가세요!"

"안녕히 가십시오."

그는 챙 넓은 맥고모자[74]를 벗고 그녀의 작은 손 위로 고개를 숙였다. 그녀는 야생마의 말머리를 돌린 후 채찍을 휘둘렀고, 먼지 구름을 일으키며 넓은 길을 쏜살처럼 달려갔다.

제퍼슨 호프 청년은 말없이 어두운 표정으로 동료들과 함께 말을 타고 달려갔다. 그와 동료들은 은광을 찾아 네바다 산맥을 돌아다니다가, 그들이 발견한 광맥을 채굴할 자금을 모으기 위해 솔트레이크 시로 돌아온 것이다. 지금까지 그는 다른 동료와 마찬가지로 일에만 열심이었지만, 갑자기 일어난 이 작은 사건이 그의 생각을 다른 방향으로 돌려놓았다. 시에라의 산들바람처럼 솔직하고 건강한 아름다운 소녀를 보게 되자, 활화산처럼 격렬하고 야성적인 그의 가슴은 아주 깊은 곳에서부터 흔들리기 시작했다. 그녀가 시야에서 사

---

74 멕시코 등 라틴 아메리카에서 주로 쓰는 챙이 넓고 위가 뾰족한 모자. 밀짚이나 나무 껍질로 만든다. 솜브레로(sombrero).

라졌을 때, 그는 자신의 삶이 중대국면에 이르렀음을 깨달았고, 은광 투자도 다른 어떤 문제도 이 새로이 나타난 매혹적인 여인에 비하면 어느 것도 중요한 것이 아니었다. 그의 마음속에 용솟음치는 사랑은 소년의 갑작스럽고 변덕스런 마음이 아니라, 강인한 의지를 지닌 남자의 거칠고 맹렬한 열정이며 절박한 심정이었다. 그가 해왔던 일은 지금까지 한 번의 실패도 없이 성공했다. 그는 인간의 노력과 인간의 인내력을 다해서 성공할 수 있는 일이라면, 자신은 결코 실패하지 않으리라고 마음속으로 맹세했다.

그는 존 페리어 댁을 그날 밤에 방문했고, 또다시 수없이 찾아갔기에, 그 농장의 집에서 그는 익숙한 얼굴이 되었다. 존은 이 골짜기에 갇혀 일에만 몰두했기 때문에 지난 12년간 바깥세상 소식은 전혀 접할 기회가 없었다. 이 모든 것을 제퍼슨 호프가 이야기해줄 수 있었고, 어떤 면에서는 루시가 아버지만큼이나 흥미롭게 들었다. 그는 캘리포니아에선 개척자였기에, 거친 번영의 시기에 재산을 모으고 재산을 잃어버린 신기한 이야기를 많이 이야기해줄 수 있었다. 그는 정찰대에도 있었고, 덫 사냥꾼, 은광 탐험가를 하기도 했으며 또 목장 관리를 하기도 했다. 모험심을 들끓게 하는 일이라면, 제퍼슨 호프는 어디든지 찾아갔다. 곧 늙은 농부는 그를 무척 좋아하게 되었고, 그의 훌륭한 점을 웅변하듯 칭찬했다. 그럴 때면 루시는 조용히 있었지만, 붉어진 뺨과 밝고 행복한 눈빛은 그녀의 어린 마음이 더 이상 자신의 것만이 아님을 분명하게 보여주었다. 순진한 아버지는 이런 징후를 보지 못했을 수 있지만, 그녀의 애정을 얻은 남자로서는 분명 지나칠 수가 없었다.

어느 여름날 저녁, 그는 말을 타고 달려가 입구에서 멈췄다. 그녀는 문간에 나와 있다가, 그를 만나려고 다가갔다. 그는 고삐를 울타리 너머로 던지고 성큼성큼 통로를 따라 들어갔다.

"루시, 나는 떠나요."

그는 그녀의 두 손을 잡고 부드러운 눈길로 얼굴을 내려다보며 말했다.

"지금 나와 함께 가자는 말을 할 수 없지만, 내가 이곳에 다시 올 때는 준비를 할 수 있겠지요?"

"그럼 언제 그 날이 오나요?"

그녀는 얼굴을 붉히고 웃으며 말했다.

"아무리 길어도 두 달입니다. 돌아와서 그때는 당신을 달라고 할 겁니다, 내 사랑. 우리 사이를 방해할 사람은 아무도 없어요."

"그러면 아버지는요?"

"그분은 우리가 하고 있는 광산일이 잘 된다는 조건으로 동의하셨지요. 그런 거라면 문제가 하나도 없습니다."

"오, 그래요. 물론, 당신과 아버지가 그렇게 결정했다면 더 이상 말할 것도 없군요."

그녀는 넓은 그의 가슴에 뺨을 대고 속삭였다.

"감사합니다. 하느님!"

그는 쉰 목소리로 이렇게 말하고는, 몸을 숙여 그녀에게 키스했다.

"그럼 됐습니다. 오래 머물러 있을수록 떠나기가 힘들어질 겁니다. 협곡에서 친구들이 기다리고 있어요. 안녕, 내 사랑, 안녕. 두 달

있으면 만날 겁니다."

　그는 이야기한 대로 그녀를 떼어내고는, 말 위에 올라타 맹렬하게 달려갔다. 자신이 떠나고 있는 그 대상을 한번이라도 보게 되면 결심이 무너질까 두려워하는 듯, 뒤를 돌아보지도 않았다. 그녀는 입구에 서서 그의 모습이 시야에서 사라질 때까지 지켜보았다. 그리고는 돌아서 집안으로 들어갔다. 유타 전체에서 가장 행복한 여자가 되어서.

제3장
존 페리어, 선지자와 이야기하다

제퍼슨 호프와 그의 동료가 솔트레이크 시를 떠난 지 3주가 지났다. 존 페리어는 그 청년이 돌아올 것을 생각하면, 자신의 수양딸을 잃어버릴 날이 다가온다는 것을 생각하면 가슴이 쓰라렸다. 하지만 루시의 밝고 행복한 얼굴은 그 어떤 논증으로 할 수 있는 것보다 더 확실해서 이번 결정을 받아들일 수밖에 없었다. 그는 늘 자신의 딸은 모르몬교도와 결혼시키지 않겠다고 마음속 깊숙이 단호한 결심을 하고 있었다. 그런 결혼은 절대 결혼이라 할 수 없으며, 치욕이며 망신거리라고 그는 생각했다. 모르몬교 교리를 그가 어떻게 생각하고 있건 간에, 한 가지 점에 있어서만은 완고했다. 하지만 그 문제에 대해서는 입을 닫을 수밖에 없었는데, 그 당시 성도들의 땅에서는 이단의 의견을 표현하는 것은 위험한 일이었기 때문이다.

그랬다. 위험한 일. 그리도 위험한 일이었기에 가장 덕망 높은 성도조차도 자신의 입 밖에 나간 말이 오해를 일으키고 순식간에 그들로부터 보복을 당할까 두려워, 종교적 의견을 말할 때는 숨을 죽이고 속삭일 정도였다. 박해의 희생자들이 자신의 이익을 위해서 박해자로 돌아섰다. 그것도 가장 무서운 부투의 박해자가 되었다. 세

비야의 종교재판[75]도, 독일 베흠게리히트도, 이탈리아의 비밀 결사도 유타 주에 암운을 드리운 조직보다 활동적인 면에서 더 가공할 만한 조직은 아니었다.

눈에 보이지 않는 것과 신비로운 면은 이 조직을 더욱 무섭게 만들었다. 이 조직은 무엇이든 알고 있고 무엇이든 할 수 있을 것 같았는데, 아직까지 아무도 본 사람도 들어본 사람도 없었다. 교회에 대항한 사람은 사라져버렸고, 그가 어디로 갔는지 그에게 무슨 일이 일어났는지 아무도 몰랐다. 그의 부인과 아이들은 집에서 기다렸지만, 아버지가 돌아와 비밀 재판관의 손에 의해 어떤 처벌을 받았는지 말해주는 일은 없었다. 경솔한 말이나 성급한 행동에는 완전한 소멸이 뒤따랐지만, 아무도 그들 위에 매달려있는 무서운 권력의 본질이 무엇인지 알지 못했다. 사람들이 두려워 떨고, 황무지 한가운데일지라도 그들을 압박하는 의혹에 대해 감히 작은 목소리 하나 내지 못하는 건 당연한 일이었다.

초기에 이 모호하고 무서운 힘은 모르몬교 신앙을 가졌다가 나중에 변절하거나 그만두려는 배교자에게만 내려졌었다. 하지만 곧 범위가 넓어졌다. 성인 여자의 공급은 줄어들어갔고, 여성 인구가 없는 일부다처제는 무의미한 교리가 되기 때문이었다. 이상한 소문이, 인디언이 한 번도 나타나지 않은 지역에서 이주민들이 살해당하고 야영지가 약탈당한다는 이상한 소문이 떠돌기 시작했다. 장로들의 후

---

75 스페인의 종교재판을 말함. 1478년부터 스페인 왕국에서 있었던 종교 재판으로, 유대인과 개신교, 무슬림까지 탄압 대상이었다. 특히 개신교의 확산을 막기 위해 금서 목록을 편찬하고 서적을 검열하였다.

처로 새로운 여성들이 나타났는데, 그녀들은 초췌한 모습으로 울고 있었고, 감당하지 못할 공포의 흔적이 얼굴에 남아 있었다. 나중에 산에서 온 방랑자들은 무장을 하고 마스크를 쓴 일당이 비밀스럽고도 소리도 없이 어둠 속에서 그들 곁을 스쳐갔다는 이야기를 했다. 이런 이야기와 소문은 그 내용과 형식을 갖추게 되었고, 실제로 확인이 되길 거듭하면서 명확한 이름도 갖게 되었다. 오늘 날까지, 서부의 외딴 정착지에서는 〈다나이트 단[76](團)〉이나 〈복수의 천사〉라는 이름은 불길하고 불행한 것으로 남아있다.

그러한 끔찍한 일을 저지른 조직에 대해 많은 것이 밝혀졌지만 사람들의 마음속에 생긴 공포는 줄어들기보단 더욱 커졌다. 이 잔인한 조직에 누가 속해있는지는 아무도 몰랐다. 종교의 이름 아래 행해진 폭력과 유혈행위에 참여한 자의 이름은 철저한 비밀로 감춰졌다. 선지자와 그의 사명에 관한 걱정을 함께 나누었던 바로 그 친구가, 밤에 총과 칼을 들고 와서 끔찍한 보복을 하는 일당 중의 한 명일수도 있는 것이다. 그렇기에, 모든 사람들은 자신의 이웃을 두려워했고, 가슴속 깊은 말을 꺼내는 이는 아무도 없었다.

어느 맑은 날 아침, 존 페리어는 밀밭으로 가려고 나서다, 빗장이 철컥하는 소리가 들려 창문을 통해 내다보았더니, 뚱뚱하고 옅은 갈색머리를 한 중년 남자가 마당으로 들어오고 있었다. 존 페리어는 심장이 입 밖으로 튀어나오는 것만 같았다. 다른 사람도 아닌 바로 위대한 지도자 브리검 영이었기 때문이다. 이러한 방문이 그

---

76 Danite Band : 모르몬교도의 비밀 결사 조직.

리 좋은 징조가 아니라는 걸 알고 있었기에 페리어는 불안해하며 문 앞으로 달려가 모르몬교도의 지도자를 맞이했다. 하지만 지도자는 페리어의 인사를 차갑게 받고는 그를 따라 준엄한 얼굴로 거실로 들어왔다.

"페리어 형제여."

그는 이렇게 말하며 자리에 앉아, 옅은 빛깔 속눈썹을 지닌 눈으로 농부를 날카롭게 바라보았다.

"진실한 신앙을 가진 이들이 자네와 좋은 친구로 지내왔다. 사막에서 굶주려 죽어가는 자네를 구해주고 우리의 먹을 것을 나눠주었으며, 선택받은 계곡으로 안전하게 데려와, 넓은 땅을 나눠주어 번성할 수 있도록 보호해주었다. 그렇지 않은가?"

"그렇습니다."

존 페리어가 대답했다.

"이 모든 것에 대한 보답으로 우리가 요구한 것은 단 하나였다. 진실한 신앙을 받아들이고 모든 일을 그 신앙의 규범에 따르라는 것이었다. 자네는 그리하겠다고 약속했는데, 이제 사람들이 참으로 이야기하는 바를 들으니, 그 약속을 소홀히 하였다."

"제가 어찌 소홀히 했다는 말씀입니까?"

페리어가 간언을 하듯 두 손을 앞으로 내밀며 물었다.

"제가 공동 기금을 내지 않았습니까? 회당에 나가지 않은 적이 있습니까? 아니면 제가⋯⋯?"

"자네 부인들은 어디 있는가?"

영이 주위를 둘러보며 물었다.

"이리 데려와, 내게 인사 시켜라."

"제가 결혼하지 않은 건 사실입니다."

페리어가 대답했다.

"하지만 여자는 아주 적고, 저보다 자격이 나은 사람이 많이 있습니다. 저는 외로운 사람이 아닙니다. 저에게는 시중을 들어주는 딸이 있습니다."

"내가 말하려는 것이 바로 그 딸에 관한 것이다."

모르몬교의 지도자가 말했다.

"그 아이는 유타의 꽃으로 자랐고, 이 땅의 많은 지체 높은 이들이 특별한 관심으로 바라보고 있다."

존 페리어는 마음속으로 신음했다.

"그 아이에 관해 내가 믿고 싶지 않은 소문들이 있는데, 그건 어떤 이방인과 약혼을 했다는 이야기다. 이건 분명 한가한 자들이 떠드는 소문이 틀림없겠지. 성스러운 조셉 스미스의 열세 번째 율법이 무엇인가? 〈참된 믿음을 가진 모든 처녀는 하느님의 선택을 받은 자와 결혼하라. 이방인과 결혼한다면 중대한 죄악을 범하는 것이니라.〉이와 같으니, 신성한 교의를 공언한 자네가 딸이 죄악을 저지르도록 내버려둘 리가 없겠지."

존 페리어는 대답을 하지 못하고, 불안해하며 말채찍을 만지작거리기만 했다.

"이 한 가지로 자네의 신앙 전체가 시험받을 것이다. 이것은 성스러운 네 명의 장로회의의 결정이다. 그 아이가 아직 젊으니, 늙은이와 결혼시키지 않을 것이며, 선택할 수 있는 권한을 박탈하지도 않겠다. 우리 장로들에게는 많은 암소[77]가 있지만, 자식들에게는 더 있어야 한다. 스탠거슨에게 아들이 하나 있고, 드리버도 아들이 하나 있다. 둘 중 누구를 선택해도 자네 딸은 그 집에서 기꺼이 환영 받을 것이다. 그 아이에게 둘 중 하나를 선택하게 하라. 그 둘은 젊고 부유하며 진실한 신앙을 가지고 있다. 어찌할 것인지 말을 해보라."

페리어는 이마를 찌푸린 채로 잠시 동안 말이 없었다.

"시간을 주십시오."

그가 마침내 입을 열었다.

"제 딸은 아주 어려서, 결혼하기에는 부족한 나이입니다."

"선택할 시간을 한 달 주겠다."

영은 이렇게 말하며 자리에서 일어났다.

"기한이 끝나면 답을 줘야할 것이다."

그는 문을 넘어서다가 돌아서더니 상기된 얼굴로 눈을 번쩍였다.

"존 페리어, 성스러운 장로회의 명령에 맞서겠다는 어리석은 마음을 먹는다면,"

그는 우레와 같은 소리로 호통을 쳤다.

"차라리 자네와 자네 딸 모두 시에라 블랑코에 백골로 누워있는 편이 훨씬 나았을 것이야!"

위협적으로 손을 흔들며 그는 문 쪽으로 돌아섰고, 페리어는 그

---

77 이 부분에 작가의 원주는 〈Heber C. Kemball이 설교를 하는 중에 백 명이 되는 그의 부인을 이런 별명으로 부른 적이 있다.〉고 되어 있다. 여기서 언급된 Kemball은 초기 모르몬교의 지도자인 Heber C. Kimball(1801-1868)이다. Kimball은 43명의 여성과 결혼을 했고, 17명의 부인에게서 65명의 자녀를 두었다.

가 육중한 발걸음으로 자갈이 깔린 길을 저벅저벅 걸어가는 소리를 들었다.

그는 무릎 위에 팔꿈치를 고인 채 가만히 앉아, 딸에게 이 일에 대해 어떻게 말을 꺼내야할 지 고민하고 있었는데, 그때 부드러운 손길이 그의 손 위에 놓여졌다. 올려다보니 그의 옆에 루시가 서 있었다. 그녀의 창백하고 겁먹은 표정을 보니, 무슨 일이 있었는지 모두 들었다는 걸 알 수 있었다.

"듣지 않을 수 없었어요."

그녀는 아버지의 바라보는 눈길에 대답했다.

"그분의 목소리가 집안 전체에 울렸어요. 오, 아버지, 아버지. 우리는 어쩌면 좋아요."

"무서워하지 마라."

그는 루시를 끌어안고, 크고 거친 손으로 그녀의 밤색 머리칼을 어루만지며 대답했다.

"어떻게 하든 간에 해결할 수 있을 거다. 그 녀석을 좋아하는 마음이 식는다든가 그런 일은 없겠지?"

그녀는 대답대신 그의 팔을 붙들고 흐느껴 울 뿐이었다.

"알았다. 물론 그런 일은 없겠지. 네게서 그런 말을 들을 거라 기대할 순 없는 게지. 그녀석은 믿음직한 청년이고, 여기 있는 사람들보다 훨씬 나은 기독교인이다. 그 사람들 모두가 기도하고 설교한다고 해도 말이다. 내일 네바다로 출발하는 일행이 있으니, 서신을 보내 그녀석에게 우리가 처한 곤경을 알려주도록 하겠다. 내가 그 청년을 제대로 보았다면, 전보에 채찍질을 한 것 같은 속도로 돌아올 거다."

루시는 아버지의 표현에 울다가 웃음을 터트렸다.

"그 사람이 돌아오면 최선의 방법을 알려줄 거예요. 하지만 제가 두려운 건 아버지 때문이에요. 소문이, 끔찍한 소문이 돌고 있어요. 선지자에게 대항하는 사람은 언제라도 무서운 일을 당하게 된대요."

"하지만 우리는 아직 대항하는 게 아니다."

그녀의 아버지가 대답했다.

"그때를 대비해 위험을 준비할 시간이 있다. 우리에게는 꼬박 한 달이 남아 있잖니. 말일에 이르면 유타를 떠나는 것이 가장 좋을 것 같구나."

"유타를 떠난다고요!"

"아마 그래야할 것 같다."

"하지만 농장은?"

"할 수 있는 만큼 돈으로 바꾸고 나머지는 그냥 두고 가야지. 루시야, 사실대로 말하자면, 이런 생각을 한 것이 이번이 처음이 아니란다. 나는 누구에게든 복종하는 것이 싫다. 여기 사람들이 그 지긋지긋한 선지자에게 하듯이 말이다. 나는 자유의 몸으로 태어난 미국인이고, 이곳은 내게 맞지가 않는다. 새로운 걸 배우기엔 내가 너무 늙은 모양이지. 그가 이 농장에 와서 기웃거린다면, 이쪽에서 날아가는 산탄총 세례를 받고 도망가게 될 거다."

"하지만 그들은 우리를 떠나게 내버려두지 않을 거예요."

그의 딸이 반대의견을 말했다.

"제퍼슨이 올 때까지 기다리자. 그러면 곧 방법이 생길 거다. 그

동안에 너무 초조해하지 마라, 아가야. 그렇게 울어서 퉁퉁 부운 눈으로 있지도 마라. 그녀석이 너를 보면 나한테 와서 따지려 들게다. 무서워할 것도 없고, 위험한 것도 전혀 없단다."

존 페리어는 확신에 찬 어조로 이렇게 위로의 말을 했지만, 그날 밤 평상시와 달리 문단속에 주의를 기울이고, 침실 벽에 걸려있던 낡고 녹슨 산탄총을 꺼내 신중하게 닦고 장전하는 모습을 루시는 보게 되었다.

제4장
목숨을 건 탈출

모르몬교의 선지자와 만나 이야기했던 그 다음 날 아침, 존 페리어는 솔트레이크 시 시내로 가서 네바다 산맥으로 갈 지인을 찾아, 제퍼슨 호프에게 전하는 편지를 맡겼다. 그는 편지에서 자신과 딸이 위협받는 긴급한 위험을 청년에게 전하고, 반드시 돌아와야 한다고 적었다. 일을 마치고 나니 마음속이 편해졌고, 한층 가벼운 심정으로 집에 돌아왔다.

농장에 가까워질 때쯤, 그는 대문 양쪽 기둥에 말이 매어져 있는 걸 보고 놀랐다. 집에 들어가자 청년 두 명이 거실을 차지하고 있는 걸 발견하고는 더욱 놀랐다. 한 명은 얼굴이 길고 창백했는데, 흔들의자에 기대앉아 다리를 위로 쳐들어 난로 위에 올려놓고 있었다. 다른 한 명은 야비하고 거만한 생김새에 목이 짧았고, 주머니에 양손을 찔러 넣은 채 창문 앞에 서서 유행하는 찬송가를 휘파람으로 불고 있었다. 페리어가 들어가자 두 청년은 고개를 끄덕여 인사를 하더니, 흔들의자에 앉은 쪽이 이야기를 시작했다.

"아마도 우리가 누군지 모르실 겁니다."

그가 말했다.

"이쪽은 드리버 장로의 아들이고, 나는 조셉 스탠거슨입니다. 하느님께서 손을 뻗어 당신을 참된 교회로 인도하셨을 때 우리도 같이 그 사막에 있었습니다."

"그분은 알맞은 때에 모든 나라에 계시리니,"

다른 한 명이 콧소리 섞인 음성으로 말했다.

"그분의 맷돌은 천천히 돌아도 아주 잘게 가는도다."

존 페리어는 냉담하게 인사했다. 그는 찾아온 이들이 누군지 짐작하고 있었다.

"우리가 온 것은,"

스탠거슨이 말을 이었다.

"당신 딸과 결혼하길 청하려면, 우리 둘 중 어느 쪽이든 당신이나 당신 딸에게 좋게 보여야할 것 같다는 아버님들의 충고가 있었기 때문입니다. 그런데 나는 부인이 넷 밖에 없고, 여기 드리버 형제는 일곱이나 데리고 있으니 내가 훨씬 더 자격이 있다고 봅니다."

"아니, 아니지. 스탠거슨 형제."

다른 한 명이 소리쳤다.

"문제는 부인이 얼마나 많이 있느냐가 아니라, 얼마나 많이 부양할 수 있느냐 하는 거지. 아버지가 이제 방앗간을 넘겨주셨으니, 내가 더 부자야."

"하지만 전망은 내가 더 나아."

다른 쪽이 열을 내며 말했다.

"하느님이 아버지를 데려가시게 되면, 내가 제혁장과 가죽 공장을 가지게 되는 거야. 게다가 내가 너보다 나이가 많고, 교회에서도 지위가 높단 말이다."

"이건 그 처녀가 결정할 일이지."

드리버 청년은 유리창에 비친 자신의 모습을 보고 능글맞게 웃으며 대답했다.

"모든 걸 다 맡겨두자고."

이런 대화를 하는 동안 존 페리어는 화가 머리끝까지 올라와 씩씩대며 문가에 서 있었는데, 두 방문객의 등을 말채찍으로 때리고 싶은 것을 가까스로 참았다.

"이봐."

마침내 그는 이렇게 말하며 그들 앞으로 성큼 다가갔다.

"내 딸이 너희를 부르면 그때는 와도 좋지만, 그전까지는 너희들 얼굴을 다시 보고 싶지 않다."

젊은 모르몬교도 두 명은 깜짝 놀라서 그를 쳐다보았다. 그들이 보기에, 한 처녀와 결혼하기 위해 이처럼 두 사람이 경쟁을 벌이는 것은 그녀와 아버지에게 크나큰 영광이었던 것이다.

"이 방에서 나가는 데 두 가지 방법이 있다."

페리어가 소리쳤다.

"저기 문이 있고, 저기 창문이 있다. 어느 쪽을 사용할 테냐?"

그의 갈색 얼굴은 몹시 사나워보였고, 마른 두 손은 위협적이었기 때문에 방문객들은 벌떡 일어나서 서둘러 물러났다. 늙은 농부는 그들을 문 앞까지 따라갔다.

"어느 쪽인지 정했으면 내게 알려줘야지."

그는 빈정대며 말했다.

"따끔한 맛을 보여줄 테다!"

흥분해서 얼굴이 창백해진 스탠거슨이 소리 질렀다.

"당신은 선지자와 장로회의에 도전했어. 평생토록 후회하게될 거야."

"하느님의 손이 당신을 무겁게 내리칠 거다."

드리버 청년이 소리쳤다.

"그분께서 일어나 당신을 죽이실 거다!"

"그러면 내가 먼저 죽여주지."

페리어는 불같이 화를 내며 고함을 지르고는 총을 가지러 이층으로 뛰어올라가려 했는데, 루시가 그의 팔을 붙잡고 잡아당겼다. 그녀를 떼어내고 나니, 말발굽 소리가 요란하게 들렸고 이미 그들은 사정거리를 벗어난 뒤였다.

"독실한 척하는 애송이 놈들!"

그는 고함을 지르고 이마에 흐르는 땀을 닦았다.

"아가야, 네가 저놈들 중 하나의 부인이 되는 걸 보느니 차라리 죽는 게 낫겠다."

"저도 그래요, 아버지."

그녀가 힘주어 말했다.

"하지만 제퍼슨이 곧 이리로 돌아올 거예요."

"그래. 얼마 지나지 않으면 그녀석이 올 거다. 저들이 다음에 어떤 행동을 할 지 모르니, 빨리 올수록 좋을 텐데."

정말 그랬다. 이 굽힐 줄 모르는 늙은 농부와 그의 양녀에게는 누군가 조언과 도움을 줄 사람이 절실히 필요한 대였다. 이주민의 역사를 통틀어, 이처럼 장로의 권위에 불복종한 사건은 한 번도 없었다. 사소한 잘못에도 그토록 엄격한 벌이 내려지는데, 이 대반역자의 운명은 어떻게 될 것인가? 페리어는 자신의 재산과 지위는 아무런 소용이 없다는 걸 알고 있었다. 이전에 그만큼이나 유명하고 부유했던 사람들도 감쪽같이 사라졌고, 그들의 재산은 교회로 넘어갔다. 그는 용감한 사람이었지만, 그를 덮쳐오는 막연하고 보이지 않는 공포에는 몸을 떨었다. 정체를 아는 위험이라면 입술을 굳게 다물고 맞서겠지만, 이러한 불안에는 무기력했다. 그는 딸에게 자신의 두려움을 숨기고 모두 다 별일이 아닌 척 가장했지만, 아버지를 사랑하는 딸의 예민한 눈에는 안절부절 못하고 있는 것이 분명히 보였다.

그는 자신의 행동에 대해 영으로부터 어떤 통보나 타이르는 글이 오리라 예상했다. 그 예상은 빗나가지 않았지만, 전혀 뜻밖의 방법으로 왔다. 다음 날 아침 자리에서 일어났을 때 그는 자신이 덮었던 이불 가슴 쪽에 작고 네모난 종이가 핀으로 꽂혀있는 걸 보고 깜짝 놀랐다. 거기엔 굵은 글자가 드문드문하게 적혀있었다.

〈바로 잡을 시간을 29일 주겠다. 그 다음에는─〉

글 끝에 붙어있는 줄은 다른 어떤 협박보다도 더 공포를 불러 일으켰다. 하인들이 바깥채에서 자고 있고 출입문과 창문도 모두 굳게 잠갔는데 어떻게 이런 경고장이 방안에 들어온 건지 존 페리어는 도무지 알 수 없었다. 그는 종이를 구겨버리고 딸에게는 아무 말도 하지 않았지만, 그 사건은 가슴 속 깊이 오한을 느끼게 했다. 29일은 틀림없이 영이 약속한 한 달의 나머지 날짜였다. 이런 신비스런 힘으로 무장한 적에게 정신력과 용기만 가지고 저항한다는 것이 무슨 소용 있겠는가? 핀을 꽂아둔 솜씨라면 심장을 찌를 수도 있을 것이고, 누가 그를 살해했는지도 절대 알 수 없을 것이다.

그러나 더욱 공포를 느낀 것은 다음날 아침이었다. 아침식사를 하느라 앉아 있는데 루시가 위쪽을 가리키며 놀란 비명을 질렀다. 천장 한가운데에 불에 태운 나무막대기로 휘갈겨 쓴 것이 분명한, 28이란 숫자가 있었다. 그 의미를 루시는 이해하지 못했지만, 그는 가르쳐주지 않았다. 그날 밤, 그는 총을 들고 앉아 감시하며 지켰다. 아무것도 보지도 듣지도 못했는데, 아침에 보니 문밖에 27이란 글자가 커다랗게 페인트로 쓰여 있었다.

이렇게 하루 또 하루가 지나갔다. 아침이 변함없이 밝아오듯이 보이지 않는 적들은 기록을 계속했고, 한 달 유예 기간 중 며칠이 남았는지 눈에 잘 띄는 곳에 적어놓았다. 어떤 때는 그 숙명의 숫자가 벽에 있었고, 어떤 때는 바닥에 있었으며, 가끔은 정원 문이나 울타리 위에 작은 현수막으로 붙어있기도 했다. 존 페리어는 밤새 불침번을 섰지만, 어디서 이런 경고가 계속해서 오는 것인지 밝혀낼 수 없었다. 그걸 볼 때마다 그는 거의 미신에 가까운 공포에 사로잡혔다. 그는 점점 수척해지고 불안에 떨었으며, 그의 눈에는 사냥꾼에 쫓기는 동물의 고통스런 모습이 보였다. 이제 그의 삶에서 남은 희망은 단 하나, 네바다에서 젊은 사냥꾼이 돌아오는 것뿐이었다.

20이 15로 바뀌고, 15가 10이 되었지만, 떠난 사람에게선 아무 소식도 없었다. 숫자는 하나씩 줄어들고, 그는 여전히 돌아올 기미가 없었다. 길에서 말 탄 사람이 달려가는 말발굽 소리가 나거나, 마부가 마차에 매인 말에게 소리를 칠 때마다, 늙은 농부는 드디어 도와

줄 이가 도착했다는 생각에 서둘러 문 앞으로 뛰어갔다. 5가 4가 되고, 다시 3이 되자 결국 그는 탈출하겠다는 희망을 모두 포기했다. 혼자 몸인데다가 이주지를 둘러싼 산에 대한 지식이 거의 없었기에, 그는 자신이 무력하다는 걸 알고 있었다. 사람들의 왕래가 많은 도로는 엄격한 감시와 경계가 있었고, 장로회의 명령 없이는 누구도 지나갈 수 없었다. 어느 쪽을 보아도, 자신을 덮치고 있는 재난을 피할 수 없을 것 같았다. 하지만 딸에게 모욕이 되는 일에 동의하느니 생명을 버리겠다는 노인의 결심은 결코 흔들리지 않았다.

어느 날 저녁, 그는 혼자 앉아서 자신이 처한 문제를 깊이 생각하며, 빠져나갈 방법을 찾아 헛된 노력을 하고 있었다. 아침에 숫자 2가 그의 집 벽에 적혀있는 걸 보았으니, 내일이 바로 주어진 시간의 마지막 날이었다. 그땐 무슨 일이 벌어질까? 모든 종류의 막연하고 끔찍한 상상이 그의 마음속에 가득 찼다. 그리고 그의 딸은 아버지가 가버린 후에 어떻게 될 것인가? 그들 주위를 그물망처럼 둘러싼, 보이지 않는 조직으로부터 탈출할 수 없을까? 그는 자신이 무력하다는 생각에, 탁자에 머리를 숙이고 흐느껴 울었다.

무엇일까? 그는 적막 속에서 무언가 살며시 긁는 소리를 들었다. 낮았지만 밤의 고요 속에서 매우 선명하게 들렸다. 집 문 밖에서 나는 소리였다. 페리어는 현관을 살금살금 걸어가 주의 깊게 들었다. 잠깐의 시간이 흐른 뒤, 그 낮고 음험한 소리가 다시 반복되었다. 분명 누군가가 문 판자를 조심스럽게 두드리고 있는 것이었다. 비밀 재판소의 살인 명령을 수행하려고 온 한 밤의 자객일까? 아니면 유예기간의 마지막 날이 도래했다고 표시하러 온 대원일까? 존 페리어는 신경을 자극하고 심장을 오싹하게 만드는 불안감보다는 차라리 단번에 죽어버리는 것이 낫겠다는 생각이 들었다. 그는 앞으로 달려가 빗장을 풀고 문을 열어젖혔다.

밖은 완전히 고요하고 적막했다. 밤하늘은 맑았고, 머리 위에는 별이 밝게 반짝이고 있었다. 농부의 눈앞에는 울타리와 문으로 경계를 이룬 작은 앞뜰이 보였지만, 그곳이든 길에든 사람의 모습은 전혀 없었다. 안도의 한숨을 내쉬며 페리어는 좌우를 살펴보았다. 그러다 문득 발밑을 내려다보니, 한 남자가 바닥에 바짝 엎드린 채 팔다리를 뻗고 있어서 소스라치게 놀랐다.

그 광경에 기겁을 한 그는 소리를 지를까봐 자신의 손으로 입을 막으며, 벽에 몸을 기댔다. 처음에는 그 엎드린 형상이 다쳤거나 죽어가는 사람일 거라고 생각했지만, 그가 보고 있는 사이 그 사람은 뱀처럼 빠르고 소리도 없이 꿈틀거리며 바닥을 기더니 현관으로 들어왔다. 집 안으로 들어오자, 그 남자는 두 발로 일어서 문을 닫았다. 놀랍게도 농부의 앞에 나타난 사람은 거친 얼굴에 굳은 표정을 한 제퍼슨 호프였다.

"세상에!"

존 페리어는 숨이 막히는 듯 했다.

"어째서 이렇게 놀라게 하는가! 왜 그런 모습으로 들어온 건가?"

"먹을 걸 좀 주십시오."

상대방은 쉰 목소리로 말했다.

"48시간 동안 먹거나 마실 시간이 없었습니다."

그는 저녁 식사를 마치고 식탁 위에 남겨 놓았던 차가운 고기와

빵을 보고는 달려가 게걸스럽게 먹어치웠다.

"루시는 잘 견디고 있나요?"

허기를 채우고 나서 그가 물었다.

"그래. 그 아이는 위험하다는 걸 모르고 있네."

그녀의 아버지가 대답했다.

"잘 됐군요. 이 집은 사방에서 감시당하고 있습니다. 제가 기어서 온 것은 그 때문입니다. 그들이 아무리 약삭빠르다고 해도, 와슈[78] 사냥꾼을 잡을 만큼은 아니죠."

존 페리어는 헌신적인 협력자가 생겼다는 걸 깨닫자, 마치 다른 사람이 된 듯한 기분이었다. 그는 진심어린 마음으로 청년의 거친 손을 붙잡아 쥐었다.

"자네가 자랑스럽네. 우리가 처한 위험과 고난을 함께 나누려고 와줄 사람은 많지 않아."

"맞습니다, 아버님."

젊은 사냥꾼이 대답했다.

"저는 아버님을 존경합니다만, 아버님 혼자 관계된 일이었다면 이런 말벌통 속으로 머리를 들이밀기 전에 두 번은 생각했을 겁니다. 저를 여기로 오게 한 건 루시입니다. 유타에 호프 가문이 한 명이라도 있는 한, 루시에게 위험이 닥치는 일은 없습니다."

"우리는 어떻게 해야 하는가?"

"내일이 마지막 날이니, 오늘 실행하지 않으면 가망이 없지요. 독

---

78 미국 네바다와 캘리포니아에 사는 아메리카 원주민. 와슈(Wahoe)는 원주민어로 "이곳 사람'이란 뜻이다.

수리 계곡에 노새 하나와 말 두 필을 대기시켜 놨습니다. 돈을 얼마나 가지고 계십니까?"

"금화로 이천 달러하고 지폐로 5천일세."

"그 정도면 됐습니다. 저도 그만큼 보탤 수 있습니다. 산을 넘어서 카슨 시[79]까지 가야합니다. 아버님은 루시를 깨우는 것이 좋겠군요. 하인들이 집 안에서 자지 않는 것이 다행입니다."

페리어가 딸에게 여행 떠날 준비를 시키려고 자리를 비운 동안, 제퍼슨 호프는 식료품을 모두 찾아내 작은 꾸러미로 만들고, 도자기 병에 물을 채웠다. 산에는 샘이 거의 없고 또 그 간격이 멀다는 것을 경험으로 알고 있었기 때문이다. 그가 준비를 채 마치기도 전에 농부가 옷을 갖춰 입고 떠날 준비를 끝낸 딸과 함께 돌아왔다. 연인 사이의 인사는 뜨거웠지만 짧았다. 일 분이라도 소중했고, 해야할 일이 많았기 때문이었다.

"당장 출발해야만 합니다."

제퍼슨 호프가 말했다. 그는 엄청난 위험이 있다는 걸 알고 있지만 강철 같은 심장으로 맞서는 사람처럼, 낮고 단호한 목소리로 이야기했다.

"앞문과 뒷문을 저들이 감시하고 있지만, 신중을 기하면 옆 창문을 통해 나가 벌판을 건너갈 수 있습니다. 일단 도로에 이르면 말이 대기하고 있는 계곡까지 2마일 밖에 안 됩니다. 새벽녘까지 산을 반 정도 넘어야 합니다."

---

79 Carson City : 미국 네바다 주의 주도(州都).

"붙잡히면 어떻게 하나?"

페리어가 물었다.

호프는 그의 웃옷 앞에 튀어나와 있는 권총 손잡이를 툭 쳤다.

"만일 저들이 우리가 감당하기에 너무 많은 숫자라면, 저들 중 두세 명은 우리가 데리고 가도록 하지요."

그는 사악한 미소를 지으며 말했다.

집 안에 있는 불을 모두 끄고 나서, 페리어는 어두운 창 너머로 자신의 것이었고 이제 영원히 버리려고 하는 벌판을 자세히 살펴보았다. 하지만 그는 오래전부터 포기할 것을 다짐해왔고, 딸의 명예와 행복이 더 가치 있다는 생각을 하고 있었기에 자신의 재산을 버리는 건 아무런 후회가 없었다. 바람에 바삭거리는 나무와 드넓고 고요하게 펼쳐져 있는 곡식의 땅, 모든 것이 평화롭고 행복해 보여서 곳곳에 잠복한 살인의 악령을 실감하기란 어려운 일이었다. 하지만 기어서 집에 들어온 젊은 사냥꾼의 창백한 얼굴과 단호한 표정으로 그 사실을 충분히 확인할 수 있었다.

페리어는 금과 지폐가 든 가방을 들었고, 제퍼슨 호프는 얼마 안 되는 식량과 물을 들었지만, 루시는 그녀의 몇 가지 귀중한 소지품이 담긴 작은 꾸러미뿐이었다. 그들은 창문을 아주 천천히 조심스럽게 연 다음, 검은 구름이 어둠을 좀 더 짙게 만들 때까지 기다렸다가 한 명씩 자그마한 정원으로 빠져나왔다. 그리고는 숨을 죽이고 몸을 웅크린 채로 어정어정 걸어 정원을 건너 은폐물로 삼을 수 있는 울타리에 도달했다. 그 울타리를 따라가면 밀밭 쪽으로 향한 공터가 있었다. 그들이 이곳에 다다르자 청년이 두 사람을 붙잡고 그늘 안으로 끌어당겼다. 세 사람은 아무 말 없이 몸을 떨며 숨어 있었다.

제퍼슨의 스라소니 같은 청력은 대초원에서 훈련을 쌓은 덕분이었다. 그와 부녀가 몸을 숙이자마자 몇 야드 떨어진 곳에서 산올빼미가 슬프게 우는 소리가 들렸고, 즉시 또 다른 울음소리가 조금 떨어진 거리에서 대답했다. 그러자 동시에 희미한 그림자 형체가 숨어 있던 공터에서 튀어나왔고, 두 번째 인물도 어둠 속에서 모습을 드러냈다.

"내일 밤 자정."

권한이 높아 보이는 첫 번째 인물이 말했다.

"쏙독새가 세 번 울 때다."

"알겠습니다."

다른 사람이 대답했다.

"드리버 형제에게 이야기할까요?"

"그에게 전해라. 다른 사람들에게도 전하라고 하고. 9대 7!"

"7대 5!"

두 번째 남자가 대답한 후, 두 사람은 각자 다른 방향으로 빠르게 가버렸다. 마지막 말은 일종의 암구호가 틀림없었다. 그들의 발소리가 멀리 사라지자 제퍼슨 호프는 그 즉시 별떡 일어나, 두 사람을 이끌고 할 수 있는 한 빨리 공터를 지나 밭을 가로질러 뛰어갔다. 기력이 없어 쓰러지려는 루시를 그는 부축하고 거의 안아서 데려가다시피 했다.

"서둘러요! 서둘러!"

그는 가끔씩 숨을 헐떡거리며 이렇게 말했다.

"우리는 지금 보초가 지키는 경계선을 지나고 있습니다. 모든 건 얼마나 빠르냐에 달려 있어요. 서둘러요!"

큰 길로 접어들자 나아가는 속도가 빨라졌다. 다른 사람을 만난 건 꼭 한 번이었는데, 밀밭 속으로 들어가 들키는 걸 피할 수 있었다. 마을에 다다르기 전에 사냥꾼은 산 쪽으로 이어지는 험하고 좁은 작은 길로 방향을 틀었다. 머리 위 어둠 속으로 검고 뾰족한 두 개의 봉우리가 불쑥 모습을 드러냈는데, 그 사이의 좁은 길은 말을 대기시켜놓은 독수리 계곡으로 향하고 있었다. 제퍼슨 호프는 본능적인 정확한 감각으로 커다랗고 둥그런 바위 사이를 골라서 디디며 암석으로 가려져 눈에 띄지 않는 비밀 장소, 충직한 동물들을 매어놓은 곳까지 전진했다. 루시를 노새에 태우고, 페리어는 돈 가방을 가지고 그곳에 있던 말 중 하나에 올랐다. 제퍼슨 호프는 남은 말을 이끌고 가파르고 위험한 작은 길을 따라 나아갔다.

야생의 자연과 직면해보지 않은 사람에게는 당혹스럽기 이를 데 없는 길이었다. 한쪽 편에는 거대하고 험한 바위산이 천 피트 넘게 솟아올라 있는데, 검고 무섭고 위협적인 현무암 원기둥으로 이루어져 있었으며, 그 울퉁불퉁한 표면은 돌처럼 굳어진 괴물의 갈비뼈 같았다. 그 반대편에는 둥근 암석과 돌 부스러기가 혼란스럽게 쌓여 있어 진입이 불가능했다. 그 사이로 평탄치 않은 길이 있는데 너무 좁아서 일렬종대로 가야만했고, 또 너무 험해서 능숙한 기수만이 통과할 수 있는 곳이었다. 하지만, 그 모든 위험과 어려움에도 불구하고 도망자의 마음은 가벼웠다. 한 걸음씩 나아갈 때마다 그들이 도망쳐온 끔찍한 독재로부터 거리가 멀어지기 때문이었다.

그러나 머지않아 그들은 성자의 관할 구역을 채 벗어나지 못했다는 걸 알게 되었다. 그들이 지나오던 중 가장 험하고 황폐한 곳에 이르렀을 때, 깜짝 놀라서 비명을 지르며 위쪽을 가리켰다. 길을 내려다볼 수 있는 바위 위에, 하늘을 배경으로 검고 뚜렷한 모습을 보이며 보초 한 명이 외롭게 서 있었다. 그들이 알아차리자마자 보초도 그들을 보았고, 〈거기 누구냐?〉 하는 군대식 수하가 조용한 계곡에 울려 퍼졌다.

"네바다로 가는 여행자요."

제퍼슨 호프가 안장에 매달아놓은 소총으로 손을 가져가며 말했다.

만족스런 대답이 아니었는지, 외로운 감시꾼은 자신의 총에 손가락을 걸치고 그들을 자세히 살펴보았다.

"누구의 허가를 받았나?"

그가 물었다.

"장로회요."

페리어가 대답했다. 모르몬교도의 경험으로 볼 때, 둘러댈 수 있는 가장 권위 있는 기관은 장로회였다.

"9대 7."

보초가 소리쳤다.

"7대 5."

제퍼슨은 정원에서 들었던 암구호를 기억해내고 즉각 대답했다.

"통과. 주님이 함께 하기를."

위에서 목소리가 들려왔다. 그 초소를 지나자 길이 넓어져서, 속

보로 말을 달릴 수 있었다. 돌아보니, 외로운 감시꾼이 총에 기대 서 있는 모습이 보였다. 그리고 선택받은 자들의 가장 바깥 쪽 초소를 지났으며, 자유가 그들 앞에 펼쳐져 있다는 걸 알게 되었다.

제5장
복수의 천사

밤새도록 그들은 얽히고설킨 좁은 계곡과 울퉁불퉁하고 돌이 깔린 길을 지나갔다. 한두 번 길을 잃기도 했으나, 산에 대해 깊은 지식을 갖고 있는 호프 덕분에 길을 다시 찾을 수 있었다. 아침이 밝아오자, 그들 앞으로 황량하지만 경이로운 풍경이 펼쳐졌다. 눈이 쌓인 거대한 봉우리가 사방에서 그들을 에워싸고 있었고, 각각의 산마루 너머로 저 먼 지평선이 슬쩍 드러나 보였다. 길 양쪽의 깎아지른 듯한 바위 절벽에는 낙엽송과 소나무가 그들의 머리에 닿을 것처럼 매달려 있었는데, 돌풍이 한 번만 불어도 쏟아져 내릴 것 같았다. 이런 걱정이 그저 망상인 것만은 아니었다. 불모의 계곡에는 그런 식으로 떨어져 내린 나무와 바위가 여기저기에 두텁게 쌓여 있었기 때문이다. 그들이 지나갈 때도 커다란 바위가 천둥처럼 요란한 소리를 내며 떨어져서 고요한 골짜기에 메아리를 일으켰고, 지친 말들은 깜짝 놀라서 급박하게 달려갔다.

동쪽 지평선 위로 태양이 천천히 떠오르면서, 거대한 산봉우리에 모자처럼 쌓인 흰 눈이 축제 때 등불처럼 차례차례 켜지더니 온통 붉은색으로 타올랐다. 이 장엄한 광경은 세 도망자의 가슴에 기운

을 북돋아주었고 새로운 활력을 불러 일으켰다. 계곡을 휩쓸고 지나
가는 거친 급류에 이르자, 그들은 가던 길을 멈추고 말에게 물을 먹
인 뒤 서둘러 아침식사를 함께 먹었다. 루시와 그녀의 아버지는 좀
더 쉬고 싶은 마음이었지만 제퍼슨 호프는 냉정했다.

"지금쯤이면 우리를 추적할 겁니다."

그가 말했다.

"모든 건 우리가 얼마나 빠르냐에 달려있습니다. 카슨까지 무사히
가면, 남은 평생 동안 쉴 수 있어요."

그들은 그날 하루 종일 골짜기를 따라서 힘들게 나아갔고, 저녁
때에는 적들과 30마일 이상 떨어졌다는 생각이 들었다. 밤이 되자
차가운 바람을 어느 정도 막아줄 수 있는 튀어나온 바위를 골라, 그
곳에서 보온을 위해 함께 몸을 붙인 채 몇 시간 동안 단잠을 잤다.
하지만 그들은 동이 트기 전에 일어나 또다시 길을 떠났다. 추격자
가 있다는 어떤 징후도 보이지 않았기에 제퍼슨 호프는 그들에게
적의를 품고 있는 그 끔찍한 조직으로부터 상당한 거리를 벗어났다
는 생각이 들기 시작했다. 그는 저들의 강철 같은 세력이 얼마나 멀
리 다다를 수 있는지, 얼마나 빨리 다가와 그들을 격파할 수 있는지
에 대해 잘 알지 못했다.

탈출한 지 이틀 째 되는 날 오후, 얼마 안 되는 식량이 바닥이 나
기 시작했다. 하지만 사냥꾼은 별로 걱정하지 않았다. 산에는 사냥
감이 있었고, 전에도 가끔 식량을 얻기 위해 자신의 소총에 의지한
적이 있었다. 그는 몸을 은신할 수 있는 외진 곳을 찾아, 마른 나뭇
가지를 쌓아 불을 피우고 부녀가 따뜻하게 있도록 했다. 해발 오천

피트[80] 가까이 되는 곳이었기에 대기가 살을 에는 듯 차가웠기 때문이다. 말을 묶어놓고, 루시에게 인사를 한 뒤 그는 총을 어깨에 둘러메고 뭐라도 찾기 위해서 길을 떠났다. 뒤를 돌아보니, 노인과 젊은 처녀는 타오르는 불 앞에 웅크리고 있었고, 세 마리 동물은 뒤편에 가만히 서 있었다. 그리고 나선, 바위에 가려 시야에서 사라졌다.

그는 이 골짜기에서 저 골짜기로 2마일을 다녔지만 소득이 없었다. 하지만 나무껍질에 난 긁힌 자국을 보고 근처에 곰이 많이 있다는 판단을 했다. 결국 두세 시간을 소득 없이 수색으로 보낸 그는 단념하고 돌아갈 생각을 하고 있었다. 그때 위편을 바라보다가 가슴이 떨리도록 반가운 광경을 발견했다. 위쪽으로 3, 4백 피트 떨어진 곳에 불쑥 튀어나온 바위가 있었고, 그 가장자리에 양과 닮은 모습이지만 한 쌍의 커다란 뿔을 달고 있는 짐승이 서 있었다. 사람들이 큰 뿔이라고 부르는 그 짐승은 아마도 사냥꾼에게는 보이지 않는 무리를 위해 주위를 감시하는 역할을 맡은 듯했는데, 다행히도 반대쪽을 향하고 있어서 그가 있는 걸 알아차리지 못했다. 그는 바닥에 엎드려 소총을 바위에 걸치고, 충분히 시간을 갖고 침착하게 겨냥을 한 뒤 방아쇠를 당겼다. 그 동물은 공중으로 튀어 올랐다가 절벽 끝에서 잠시 비틀거리더니, 계곡 아래로 요란한 소리를 내며 떨어졌다.

그 짐승을 들고 가는 건 버거웠기 때문에, 사냥꾼은 궁둥이와 옆구리 살을 잘라 가는 것으로 만족해야했다. 벌써 저녁이 되었기에, 그는 이 전리품을 어깨에 메고 돌아가는 발걸음을 서둘렀다. 그러

---

80 약 1,524m

나 길을 떠나자마자 자신이 곤경에 빠졌다는 것을 깨달았다. 정신없이 열중하느라 잘 알고 있는 계곡을 지나 너무 먼 곳을 헤매 다녔기에, 지나온 길을 찾는 건 쉬운 일이 아니었다. 그가 있는 계곡은 여러 갈래로 갈라지고 또 갈라지는 골짜기였고 서로가 비슷해서 하나하나를 구분하는 건 불가능했다. 그중 한 골짜기를 따라 1마일 넘게 갔더니 분명 전에 한 번도 보지 못했던 물여울이 나타났다. 잘못된 길을 선택했다는 걸 깨닫고, 다른 골짜기로 갔지만 똑같은 결과일 뿐이었다. 밤은 빠르게 다가왔다. 마침내 익숙한 좁은 골짜기를 찾아냈을 때는 거의 칠흑 같은 밤이 되어서였다. 그 다음에도 올바른 길을 찾아가는 건 쉬운 일이 아니었다. 달이 아직 뜨지 않았고, 양쪽에 있는 높은 절벽이 어둠을 더욱 깊게 만들었기 때문이다. 무거운 짐이 그를 누르고, 힘든 일로 온몸이 녹초가 되었지만, 한 걸음 한 걸음 걸을 때마다 루시와 가까워진다는 생각, 지금 가져가는 것으로 남은 여행 기간 동안 음식은 충분하다는 생각에, 기운을 내며 비틀거리며 걸어갔다.

이제 그는 부녀를 남겨두고 떠났던 바로 그 골짜기 입구에 도달했다. 어둠 속에서도 그쪽을 향해있는 절벽의 윤곽선을 알아볼 수 있었다. 떠난 지 거의 다섯 시간이 되었으니, 틀림없이 두 사람은 걱정하며 기다리고 있을 거라는 생각이 들었다. 기쁜 마음에 그는 손을 입에 대고 골짜기에 메아리가 울리도록 큰 소리로 외쳐, 자신이 돌아왔음을 알렸다. 그는 잠시 멈추어 서서 대답을 기다리며 귀를 기울였다. 황량하고 고요한 계곡에 떠들썩하게 울린 그의 외침만이 수없이 되풀이 되는 메아리로 돌아올 뿐 아무 응답이 없었다. 다시 한 번 더 크게 소리쳤지만 얼마 전에 두고 떠났던 부녀에게선 작은 속삭임조차 돌아오지 않았다. 막연하고도 알 수 없는 불안이 그를 덮쳤다. 흥분한 나머지 귀중한 식량드 버리고 미친 듯이 앞으로 뛰어갔다.

모퉁이를 돌자 불을 피웠던 장소가 한 눈에 들어왔다. 장작더미의 재에선 아직도 불꽃이 타오르고 있었지만, 그가 떠난 이후 불을 돌보지 않은 것이 분명했다. 여전히 죽음 같은 정적이 사방에 감돌고 있었다. 두려움이 확신으로 바뀌자 그는 서둘렀다. 모닥불의 잔해 근처에는 살아있는 생명체란 없었다. 동물도, 남자도, 여자도 모두 사라졌다. 그가 없을 때 갑작스럽고 끔찍한 재앙이 일어났다는 사실만은 명백했다. 재앙이 모든 걸 쓸어가 버렸고, 아무런 자취도 남기지 않은 것이다.

충격으로 당황하고 정신이 혼미해진 제퍼슨 호프는 머리가 빙빙 도는 걸 느꼈는데, 소총에 의지해 겨우 쓰러지지 않을 수 있었다. 하지만 그는 본래 행동하는 사람이었기에 잠시 무력했던 상태에서 빠르게 벗어났다. 연기가 나는 모닥불에서 반쯤 탄 나무 조각 하나를 집어 들고, 입으로 바람을 불어 불꽃을 살린 다음, 그 빛으로 작은 야영지를 살펴보기 시작했다. 땅에는 온통 말발굽이 찍혀 있어, 많은 무리의 말 탄 사람들이 도망자를 덮쳤다는 걸 알 수 있었고, 그 후 말발굽의 방향은 솔트레이크 시로 돌아갔다는 걸 말해주었다. 그들은 부녀를 모두 데리고 간 걸까? 그들이 데려갔을 거라고 제퍼슨 호프가 거의 확신할 즈음, 온 몸의 신경을 곤두서게 만드는 한 물체가 눈에 들어왔다. 야영지 한쪽으로 조금 떨어진 곳에 붉은 흙으로 낮게 쌓아올린 것이었는데, 분명 전에는 없던 것이었다. 그건 새로 판 무덤이라고 밖에는 생각할 수가 없었다. 젊은 사냥꾼이 다가가서 보니 막대기 하나가 세워져 있었고, 종이 한 장이 갈라진 틈 사이에 끼워져 있었다. 그 종이에 적힌 비문은 짧았지만, 내용은 분명했다.

존 페리어

솔트레이크 시 출신

1860년 8월 4일 사망.

그렇다면, 얼마 전에 그가 남겨두고 떠났던 건장한 노인은 세상을 떠났고, 이것은 그의 묘비명이었다. 제퍼슨 호프는 두 번째 무덤이 있는지 미친 듯이 주변을 둘러보았지만, 그런 흔적은 없었다. 잔혹한 추적자들은 장로 아들의 첩이 되어야한다는 루시의 원래 운명을 이행시키기 위해 그녀를 데려간 것이다. 그녀가 처한 운명과 그걸 막지 못한 자신의 무력함을 깨닫자, 청년은 그 또한 마지막 침묵의 안식처로 늙은 농부와 함께 눕기를 바랐다.

하지만 그의 적극적인 정신이 좌절로부터 솟아오르게 했고, 무기력한 상태를 털어내게 했다. 그에게 남은 것이 아무 것도 없다 해도, 적어도 복수를 위해 자신의 인생을 바칠 수는 있었다. 굴하지 않은 인내와 끈기 외에도 제퍼슨 호프는 인디언들과 같이 지내면서 익혔던 집요한 복수의 능력도 가지고 있었다. 꺼져가는 모닥불 옆에 서서, 그는 슬픔을 누그러뜨릴 단 한 가지 방법은 자신의 손으로 그 적들에게 철저하고 완벽한 복수를 하는 수밖에 없다는 걸 느꼈다. 그는 강한 의지와 지칠 줄 모르는 활력을 단 한 가지 목표에 바치기로 결심했다. 냉정하고 창백한 얼굴로, 그는 식량을 떨어뜨려 놓은 곳으로 돌아갔고, 불을 뒤섞어서 다시 살린 다음, 며칠을 견딜 만큼의 양을 구웠다. 그걸 하나의 꾸러미로 만든 그는 피곤에 지쳤지만, 복수의 천사들이 남긴 흔적을 따라 산 속으로 다시 돌아갔다.

이미 자신이 말을 타고 지나왔던 좁은 골짜기를, 그는 닷새에 걸쳐 부르튼 발과 지친 몸으로 고생하며 나아갔다. 밤이면 바위 사이에 쓰러져 몇 시간 짧은 잠을 잤지만, 언제나 날이 밝기 전에 일어나 길을 떠났다. 엿새 째 되는 날, 그는 불행한 탈출을 시작했던 독수리 계곡에 도착했다. 그곳에서는 성자들의 도시를 내려다볼 수 있었다. 초췌하고 몹시도 지친 그는 소총에 기대서서, 아래로 보이는 적막하고 넓은 도시를 향해 야윈 손을 맹렬히 휘둘렀다. 내려다보니, 주요 거리에 깃발이 있었고, 다른 곳에는 축제의 표시가 있었다. 이것이 무슨 의미일까 생각하고 있는데, 말발굽 소리가 들리더니 한 남자가 말을 타고 그가 있는 쪽으로 오는 모습이 보였다. 그 남자가 다가오자, 전에 몇 번 일을 도와줬던 쿠퍼라는 이름의 모르몬교도라는 걸 알 수 있었다. 그래서 그 남자가 앞에 왔을 때, 그는 루시 페리어의 운명이 어떻게 되었는지 알아보려고 다가가서 물었다.

"제퍼슨 호프라네."

그가 말했다.

"날 기억하겠지."

모르몬교도는 그를 보고 놀라움을 감추지 못했다. 사실, 누더기 옷에 덥수룩한 행색이었고, 핼쑥하고 창백한 얼굴에 사납고 거친 눈빛을 지닌 방랑자가 예전의 말쑥한 젊은 사냥꾼이라고 알아보기는 어려운 일이었다. 하지만 마침내 그의 정체를 알아보자 놀라움이 당황스러움으로 바뀌었다.

"여기에 오다니, 자네 미쳤군."

그가 소리쳤다.

"자네와 얘기하는 걸 누가 보기라도 한다면, 내 목숨도 자네와 다를 바 없어져. 페리어 일가가 도망가는 걸 도운 죄로 장로회에서 자네를 체포하라는 명령을 내렸네."

"나는 그들도, 체포명령도 두렵지 않아."

호프는 진심으로 말했다.

"쿠퍼, 자네는 이 일에 대해 뭔가 알고 있겠지. 몇 가지 물어볼 테니 자네가 알고 있는 모든 걸 알려주게나. 우린 항상 친구였지 않은가. 부디 대답 좀 해주게."

"뭘 알고 싶은데?"

모르몬교도는 불안스럽게 물었다.

"서두르게. 바위에도 귀가 있고 나무에도 눈이 있으니까."

"루시 페리어는 어떻게 되었나?"

"어제 드리버 청년과 결혼했네. 정신 차리게, 이봐, 정신 차려. 자네는 생명이 빠져나간 사람 같군."

"걱정 말게."

호프가 힘없이 말했다. 그는 입술이 하얗게 되어 기대고 있던 바위에 주저앉았다.

"결혼했다고 했지?"

"어제 결혼했네. 그래서 성전에 깃발이 있는 걸세. 드리버 청년과 스탠거슨 청년 사이에 그녀를 두고 말다툼이 좀 있었네. 그들 둘 다 추적대 무리에 참가했었는데, 그녀의 아버지를 쏜 건 스탠거슨이었으니까, 그쪽이 유리한 것 같았지. 교회회의에서 의논을 해보니 드리버 쪽이 세력이 강해서, 선지자께서 그녀를 드리버에게 넘겨주었다네. 그런데 누구도 그녀를 오래 차지할 수는 없을 것 같아. 어제 그녀의 얼굴을 보니 죽음이 드리워져 있더군. 여인이라기보단 유령에 가까웠어. 그런데, 떠나려고?"

"떠나네."

제퍼슨 호프는 앉은 자리에서 일어서며 말했다. 그의 얼굴은 대리석으로 조각한 것처럼 표정이 굳어 있었지만, 눈에서는 원한어린 불길이 타오르고 있었다.

"어디로 가는가?"

"신경 쓸 것 없네."

그는 이렇게 대답하고는 자신의 무기를 어깨에 걸쳐 멘 후, 성큼성큼 골짜기를 따라 걸어서 야수가 출몰하는 깊은 산 속으로 가버렸다. 그러나 그 야수들 중에 가장 사납고 위험한 이는 바로 그 자신이었다.

그 모르몬교도의 예언은 적중했다. 아버지의 처참한 죽음 때문이었는지, 끔찍이 싫었던 결혼을 강제로 했기 때문인지 모르지만, 불행한 루시는 다시는 자리에서 일어나지 못하고 한탄하며 지내다가 한달도 못 가서 죽고 말았다. 그녀의 주정뱅이 남편은, 결혼한 근본 원인이 존 페리어의 재산을 노린 것이었기에 부인을 잃은 데 대해 별

슬픔을 보이지 않았다. 하지만 그의 다른 부인들은 그녀를 애도하였고, 모르몬교의 전통에 따라 매장하기 전날 밤 그녀의 곁에서 밤을 새웠다. 모두가 관 주위에 둘러앉아 있던 이른 새벽, 이루 다 형용할 수 없을 정도로 무섭고 놀라운 일이 벌어졌다. 문이 활짝 열리더니, 야만인 같은 인상에 햇볕에 새까맣게 그을린 남자가 누더기 옷을 입고 방 안으로 성큼 들어왔다. 그는 겁에 질린 여자들은 쳐다보지도 않고 아무 말도 없이, 루시 페리어의 순수한 영혼이 깃들어 있었던 하얀 침묵의 형체 앞으로 걸어갔다. 그 앞에 몸을 숙이고 그녀의 차가운 이마에 경건하게 입 맞춘 다음, 그녀의 손을 움켜쥐고는 손가락에서 결혼반지를 빼냈다.

"이따위 물건과 함께 묻히게 둘 수 없다."

그는 사납게 으르렁대며 소리치더니, 경보를 울리기도 전에 계단을 내려가 사라져 버렸다. 너무도 이상하고 너무도 순간적으로 일어난 사건이라서, 신부의 표식인 금반지가 사라졌다는 부정할 수 없는 사실이 없었더라면, 목격자도 자신이 보았던 걸 믿지 못했을 테고 다른 사람을 납득시키지도 못했을 것이다.

몇 달 동안 제퍼슨 호프는 산에서 머무르며 기묘한 야생의 삶을 살았고, 그 자신을 지배하고 있는 격렬한 복수심을 마음속에 키웠다. 시내에서는 괴상한 인물을 변두리 지역에서 목격했다는 소문이 돌았고, 그 인물은 외진 골짜기에도 출몰한다고 했다. 한 번은 총알이 스탠거슨 집 창문을 뚫고 날아와, 그가 있는 곳에서 1피트 떨어진 벽에 박힌 일이 있었다. 또 다른 일로는, 드리버가 절벽 아래를 지나고 있을 때 거대한 바위가 굴러 떨어진 적이 있었는데, 몸을 던져 엎드려서 겨우 끔찍한 죽음을 피할 수 있었다. 얼마 지나지 않아 두 젊은 모르몬교도는 그들의 생명을 노리는 공격이 무엇 때문인지 알아냈고, 그 적을 잡거나 죽이기 위해 토벌대를 이끌고 산으로 들어가기를 몇 번이고 계속했지만 모두 실패로 돌아갔다. 그래서 예방책으로 그들은 혼자서 다니지 않았고, 밤에는 나가지 않았으며, 집에는 파수꾼을 세웠다. 시간이 지난 후, 적에 대한 소문도, 보았다는 사람도 사라지자 그들은 이러한 조치를 풀었고, 시간이 그의 원한을 진정시키기를 기대했다.

그와 반대로 원한은 오히려 커져갔다. 그 사냥꾼은 굳세고 굽힐 줄 모르는 본성을 지니고 있었고, 복수를 하겠다는 생각이 완전히 자리 잡고 있어서 다른 어떤 감정도 끼어들 여지가 없었다. 하지만, 무엇보다도 그는 실질적인 사람이었다. 그는 자신이 아무리 강철 같은 체력을 갖고 있다 해도, 이런 식으로 끊임없이 계속되는 피로는 견뎌낼 수 없다는 걸 깨달았다. 야생에서 살며 음식을 제대로 먹지 못하면서 그는 점점 쇠약해져 갔다. 만일 그가 산 속에서 개처럼 죽는다면, 복수는 어떻게 되는 것인가? 그가 계속 고집을 부린다면 그런 죽음이 덮쳐올 것이 틀림없었다. 그건 적의 놀음에 놀아날 뿐이란 걸 안 그는, 어쩔 수 없이 예전 네바다의 광산으로 돌아가 그곳에서 건강을 되찾고, 목표를 달성하는 데 부족함이 없을 만큼의 돈을 모으기로 했다.

그는 길어야 1년 정도 떠나 있을 생각이었지만, 예기치 않은 상황이 복잡하게 얽히면서 5년 가까이 광산에 있게 되었다. 하지만 시간이 지난 뒤에도, 부당한 범죄를 당한 기억과 복수에 대한 열망은 존 페리어의 무덤가에 서 있던 잊지 못할 그 날 밤과 다름없이 날카롭게 살아있었다. 변장하고 이름을 바꾼 그는 솔트레이크 시로 돌아갔다. 자신이 알고 있는 정의를 바로 세울 수만 있다면 목숨이야 어떻게 되든 상관없었다. 하지만 그곳에서 그를 기다리는 건 불길한 형세였다. 몇 달 전에 선택받은 자들 사이에서 분쟁이 일어나, 교회의 일부 젊은 신도들이 장로의 권위에 대항하였고, 그 결과 불만을 품은 신도들이 분리되어 유타를 떠나 모르몬교도가 아닌 기독교도가 되었다. 그중에 드리버와 스탠거슨도 있었는데, 그들이 어디로 갔는지는 아무도 알지 못했다. 들리는 소문에 의하면, 드리버는 막대한 재산을 돈으로 바꿔서 부자가 되어 떠났지만, 그의 동료 스탠거슨은 그에 비해 돈이 없었다고 했다. 그러나 그들의 행방에 대해선 단서가 전혀 없었다.

아무리 원한을 품은 사람일지라도 이러한 곤경에 맞닥뜨리면 대부분 복수할 생각을 포기하는 것이 보통이겠지만, 제퍼슨 호프는 잠시도 머뭇거리지 않았다. 가지고 있는 적은 돈과 닥치는 대로 일을 해서 벌어들이는 돈으로, 원수를 찾아 이 마을 저 마을로 미국 전역을 돌아다녔다. 한 해, 두 해가 지나면서 그의 검은 머리는 반백이 되었지만, 그는 여전히 평생을 바친 단 한 가지 목표 외에는 없는 인간 사냥개가 되어 여행을 계속했다. 마침내 그의 끈기에 보답이 왔다. 창문으로 언뜻 얼굴을 보았을 뿐이지만, 그 한 번 본 것으로도 오하이오 주 클리블랜드에 그가 찾는 인물이 있다는 걸 알 수 있었다. 그는 복수 계획을 완전하게 세우고 자신의 초라한 숙소로 돌아갔다. 그러나 드리버가 우연히 창문에서 밖을 내다보다가 거리를 헤매는 방랑자를 알아보았고, 눈 속에 살의가 있음을 읽어냈다. 그는 자신의 개인 비서가 된 스탠거슨을 데리고 황급히 치안판사를 찾아가, 옛 연적의 질투와 증오 때문에 목숨이 위태롭다고 주장했다. 그날 저녁 제퍼슨 호프는 구금되었고, 보석금을 낼 수가 없었기에 몇 주 동안 유치장 신세를 졌다. 마침내 그가 석방되었을 때는, 드리버의 집에 아무도 살지 않았고, 그와 비서는 유럽으로 떠나버렸다.

복수는 또다시 좌절되었지만, 그는 원한을 갚겠다는 생각에 전념하며 자신을 재촉해 추적을 계속했다. 그러나 자금이 필요했기에, 얼마 동안 그는 노동을 해서 여행을 떠날 돈을 모았다. 드디어 생활을 해나갈 수 있는 돈이 모이자, 그는 유럽을 향해 떠났다. 어떤 천한 일이라도 해가면서 이 도시에서 저 도시로 원수를 찾아다녔지만, 도망자들을 잡지 못했다. 상트페테르부르크[81]에 도착해보니 그들은 파리로 가버렸고, 그들을 쫓아 파리로 갔을 때에는 코펜하겐[82]으로 막 떠난 뒤였다. 덴마크의 수도에서는 또다시 며칠 사이로 놓쳤는데, 그들은 런던으로 여행을 갔고, 마침내 그곳에서 사냥감을 구멍에 몰아넣는데 성공했다. 그곳에서 어떤 일이 일어났는지에 대해서는, 그 늙은 사냥꾼이 스스로 진술한 이야기를 인용하는 편이 더 나을 것이다. 이미 앞에서 도움을 얻은 바와 같이, 이 이야기는 왓슨 선생의 일기에 제대로 기록이 되어있다.

---

81 제정 러시아 시대의 수도로, 1924년 레닌그라드로 이름이 바뀌었다가 1991년 옛 이름을 되찾았다.
82 덴마크의 수도.

제6장
의사 존 왓슨 선생의 회고록 계속됨

사로잡힌 남자는 맹렬하게 저항했지만, 우리를 향해 난폭한 행동을 할 의도는 아니었던 것이 분명했다. 자신이 저항할 수 없다는 걸 깨닫자 그는 상냥하게 웃었고, 난투극을 벌이는 동안 다친 사람이 없기를 바란다고 말했다.

"나를 경찰서로 데리고 가겠지요."

그는 셜록 홈즈에게 말했다.

"내 마차가 문 앞에 있습니다. 내 다리를 풀어준다면 걸어서 내려가지요. 들어서 옮기기엔 내 몸이 예전처럼 가볍지 않습니다."

그렉슨과 레스트레이드는 이 제안이 좀 당돌하다고 생각했는지 서로 눈빛을 교환했다. 하지만 홈즈는 그 즉시 사로잡힌 남자의 말대로 발목에 묶여있던 수건을 풀어주었다. 그는 자유로워졌는지 확인하려는 것처럼, 일어서서 다리를 쭉 폈다. 그때 내가 그를 보면서, 그보다 강력한 체격을 가진 사람은 본 적이 없다고 생각한 기억이 난다. 그리고 햇볕에 그을린 검은 얼굴에는 육체적인 힘만큼이나 무서운 단호함과 기력이 나타나 있었다.

"경찰서장 자리가 비어있다면, 당신이야 말로 그 자리에 맞는 인물이라고 생각합니다."

그는 하숙 동료를 보며 꾸밈없는 칭찬의 말을 했다.

"나를 추적한 방법은 대단했습니다."

"여러분도 나와 같이 가는 게 좋겠군요."

홈즈는 두 형사에게 말했다.

"내가 마차를 몰겠습니다."

레스트레이드가 말했다.

"잘됐군요! 그러면 그렉슨은 나와 함께 안에 타지요. 의사 선생.
자네도 같이 가세. 이 사건에 관심이 있었으니까, 우리와 같이 있는
편이 좋겠네."

나는 기꺼이 그의 말에 동의했고, 우리는 모두 함께 계단을 내려
갔다. 사로잡힌 남자는 도망가려하지도 않고, 아무 말 없이 자신이
타고 온 마차에 올랐다. 우리는 그 뒤를 따라 마차에 탔다. 레스트레
이드는 마부석에 올라 말에게 채찍을 휘둘렀고, 얼마 지나지 않아
우리는 목적지에 도착했다. 우리는 작은 방으로 안내되어 들어갔는
데, 그곳에서는 경감 한 명이 우리가 사로잡은 남자의 이름과 그가
살해한 사람들의 이름을 적었다. 경감은 얼굴이 하얗고 냉정한 사람
이었고, 자신의 임무를 굼뜨고 기계적인 방식으로 해나갔다.

"피고는 이번 주 안에 치안판사에게 가게될 거요."

그가 말했다.

"제퍼슨 호프 씨. 그 동안에 하고 싶은 말이 있소? 경고하는데, 당
신 말은 기록될 것이고 불리한 증거로 쓰일 수도 있소."

"하고 싶은 말이 많이 있지요."

우리가 사로잡은 남자는 느릿느릿하게 말했다.

"여기 신사 분들에게 모든 걸 말하고 싶습니다."

"공판 때까지 미뤄두는 게 좋을 텐데?"

경감이 물었다.

"공판에는 가지 않게 될 겁니다."

그가 대답했다.

"그렇게 놀라서 쳐다볼 거 없습니다. 자살을 생각하고 있는 건 아니니까요. 당신은 의사인가요?"

그는 이렇게 물으며, 사나워 보이는 검은 눈을 내게로 돌렸다.

"맞습니다."

내가 대답했다.

"그러면 손을 여기에 대보십시오."

그는 미소를 지으며 수갑 찬 손으로 자신의 가슴을 가리키며 말했다. 그가 말하는 대로 했더니, 정상과는 다른 맥박과 요동이 안쪽에서 일어나고 있다는 걸 단번에 알 수 있었다. 마치 부서지기 쉬운 건축물 안에 강력한 엔진이 돌아가고 있는 것처럼, 그의 가슴을 둘러싼 벽은 진동하며 떨리고 있었다. 고요한 방 안에서 나는 그의 가슴에서 나오는 둔한 웅웅 소리와 윙윙대는 소음을 들을 수 있었다.

"세상에,"

내가 소리쳤다.

"대동맥류[83]입니다!"

---

[83] 대동맥 벽이 여러 원인에 의해서 부분적으로 커지는 질환으로, 통증이나 호흡곤란을 일으키고 심할 경우 파열이 일어나 목숨을 잃기도 한다.

"그렇게 부르더군요."

그는 평온하게 말했다.

"지난주에 이것 때문에 의사에게 갔었는데, 얼마 지나지 않아 터질 거라고 말했습니다. 해마다 점점 나빠지고 있군요. 솔트레이크 산에 있는 동안 야외에서 지내고 제대로 먹지를 못해서 걸린 병입니다. 이제 내 일을 끝냈으니 언제 죽던지 상관’ 없지만, 죽기 전에 내가 한 일에 대해 이야기를 좀 하고 싶군요. 평범한 살인자로 기억되고 싶진 않습니다."

경감과 두 형사는 이야기를 하도록 허락하는 것이 좋을지 급히 논의를 했다.

"의사 선생, 머지않아 위험한 상황이 될 것 같습니까?"

경감이 물었다.

"거의 확실합니다."

내가 대답했다.

"그런 경우라면, 정의의 실현을 위해서 진술을 받는 것이 우리가 할 일이지요."

경감이 말했다.

"자유롭게 진술해도 좋소. 다시 한 번 경고해두는데 당신의 말은 기록될 거요."

"허락하신다면 앉겠습니다."

사로잡힌 남자는 앉으며 말했다.

"대동맥류 때문에 쉽게 피곤해지는데다, 30분 전에 한 격투에서 아직 회복되지 않았군요. 나는 무덤가에 서 있는 사람이니, 거짓말

같은 건 하지 않습니다. 내가 이야기하는 모든 것은 완벽한 진실이고, 당신들이 그걸 어떤 용도로 사용하든 나에겐 중요한 문제가 아닙니다."

이렇게 말하며, 제퍼슨 호프는 의자 등받이에 기대어 다음과 같은 놀라운 진술을 시작했다. 그는 평범한 사건을 구술하듯이, 침착하고 논리정연하게 이야기했다. 아래에 추가한 이야기는 죄인의 진술을 그대로 받아 적은 레스트레이드의 수첩을 참고했기 때문에, 정확하다는 걸 보증할 수 있다.

"내가 그 인간들을 증오하는 이유는 여러분께 별 문제가 아닐 겁니다."

그가 말했다.

"그들에게는 두 사람, 아버지와 딸을 죽게 한 죄가 있다는 걸로 충분하겠지요. 그 벌로서 자신의 목숨을 몰수당한 겁니다. 그들이 죄를 저지른 후 시간이 많이 경과했기 때문에 어떤 법정에서도 내가 그들의 유죄를 입증하는 건 불가능합니다. 하지만 나는 그들의 죄를 알고 있기에, 판사와 배심원, 사형 집행인의 역할을 내가 모두 하기로 결심했지요. 여러분이 조금이라도 남자다운 남자이고, 또 내 입장에 처해있었다면, 똑같은 일을 했을 겁니다.

내가 말한 그 처녀는 20년 전에 나와 결혼해야 했지요. 그녀는 드리버와 강제로 결혼해야했고, 그 때문에 목숨을 잃은 겁니다. 나는 죽은 그녀의 손가락에서 결혼반지를 빼낸 후, 드리버가 죽을 때 눈앞에 바로 그 반지를 보여주기로 맹세했습니다. 그가 마지막으로 하는 생각은 죄의 대가로 벌을 받는다는 것이어야 하니까요. 나는 그

반지를 몸에 지니고, 그자와 공범을 쫓아 두 대륙을 건너다녔고 마침내 잡게 된 것이지요. 그들은 내가 지쳐서 그만둘 거라고 생각했지만 그건 잘못 생각한 겁니다. 내가 내일 죽는다 해도, 그걸로 충분하지요. 이 세상에서 내가 할 일이 끝났다는 걸, 잘 끝냈다는 걸 알고 죽으니까요. 그들은 내 손으로 죽였습니다. 희망도, 바람도 내겐 남아있지 않군요.

그들은 부자였고 나는 가난했기에 추격하는 건 쉬운 일이 아니었습니다. 런던에 도착했을 땐 주머니가 거의 비었기 때문에, 살아가려면 무엇이든 해야 했지요. 마차를 타고 말을 타는 일은 내겐 걷는 거나 다름이 없어서 마차주의 사무실로 가서 일자리를 부탁했고, 금방 고용이 되었습니다. 고용주에게 주당 일정 금액을 가져다주고, 그 이상 버는 돈은 내가 가지는 거지요. 많이 남는 경우는 거의 없었지만, 얼마간 근근이 모을 수 있었습니다. 가장 어려운 일은 길을 익히는 것이었지요. 지금까지 고안해낸 모든 미로 중에서 가장 혼란스러운 건 이 도시라 생각합니다. 그래도 지도를 옆에 놓고 다니면서, 일단 주요한 호텔과 역을 알아두었더니 꽤 능숙해졌지요.

이 두 신사 녀석들이 사는 곳을 알아내기까지 시간이 좀 걸렸는데, 묻고 또 물으며 다니다, 마침내 우연히 찾게 된 겁니다. 그들은 강 건너편, 캠버웰에 있는 하숙집에 있었지요. 일단 그들을 찾아냈으니 내 손아귀에 쥐고 마음대로 할 수 있었습니다. 수염을 길러서 그들이 나를 알아볼 염려는 없었지요. 기회를 잡을 때까지 그들을 미행하고, 따라다녔습니다. 그들이 다시는 도망가지 못하게 하리라 결심했습니다.

그럼에도 불구하고 그들은 언제든 도망갈 수 있었지요. 런던 어디를 가든 나는 항상 그 뒤를 바짝 쫓았습니다. 어떤 때는 마차를 타고 따라가기도 하고, 어떤 때는 걸어서 가기도 했는데, 마차를 타면 그들을 놓치는 일이 없기 때문에 훨씬 좋았지요. 돈을 버는 일은 이른 아침이나 늦은 밤 밖에 할 수 없어서 고용주에게 가져다줄 돈이 밀리기 시작했습니다. 그렇긴 해도, 내가 원하는 녀석들을 내 손 안에 넣을 수 있는 한, 그건 신경 쓰지 않았습니다.

하지만 그들은 매우 교활했지요. 결코 혼자 다니지 않고, 또 해가 진 뒤에는 나오지 않는 것을 보면, 추적을 당할 수도 있다고 생각한 것이 틀림없었습니다. 2주 동안 매일 뒤를 따라다녔는데 따로 있는 건 한 번도 보지 못했지요. 드리버는 그중 절반은 취해있었지만, 스탠거슨은 잠깐 조는 일도 없었습니다. 나는 그들을 늦은 시간에든 이른 시간에든 지켜보았지만 기회는 조금도 보이지 않았지요. 그래도 나는 실망하지 않았습니다. 뭔가 때가 다가왔다는 느낌이 들었기 때문이죠. 단지 하나 두려운 것은, 내 가슴 속에 있는 이놈이 너무 빨리 터져서 내 일을 끝마치지 못하는 것이지요.

드디어 기회가 왔습니다. 어느 날 저녁 토키 테라스, 그러니까 그들의 하숙집이 있는 거리 이름인데요, 그곳에서 마차를 타고 왔다 갔다 하고 있는데, 그 집 문 앞에 마차 한 대가 서더군요. 곧 여행 가방 몇 개가 마차에 실렸고, 잠시 후에는 드리버와 스탠거슨이 뒤를 이어 나와 마차를 타고 떠났습니다. 나는 말에 채찍질을 하고 그들이 시야에서 벗어나지 않도록 유지하며 따라갔지요. 그들이 숙소를 옮기는 것이 아닐까 두려워 마음이 놓이지 않았습니다. 유스턴 역에서 그들이 내리자, 나는 한 아이에게 말을 붙잡고 있으라고 뒤를 쫓아서 플랫폼으로 갔습니다. 그들이 리버풀 행 열차에 대해 물으니까 역무원이 방금 떠났으며 다음 기차는 몇 시간 후에나 있다고 하는 이야기가 들리더군요. 스탠거슨은 화가 난 것 같았지만 드리버는 오히려 기뻐했습니다. 나는 혼잡함을 틈타 그들과 꽤 가까이 있었기에 그들 사이에 오가는 말을 모두 들을 수 있었지요. 드리버는 혼자서 해야 할 일이 좀 있다고 말하면서, 상대방에게 곧 돌아올 테니 기다리라고 했습니다. 그의 동료는 항의하면서 둘이 떨어지지 않기로 한 것을 생각해보라고 하더군요. 드리버는 예민한 문제라 그가 혼자 가야만 한다고 했습니다. 스탠거슨이 그에 대답하는 건 듣지 못했지만, 드리버가 욕설을 퍼부으며 그는 돈을 받는 하인에 불과하니, 자신에게 감히 명령할 수 없다는 걸 상기시키더군요. 그 말에 비서는 어쩔 수 없이 단념하고, 만일 막차를 놓치게 되면 할리데이즈 프라이빗 호텔에서 만나는 걸로 약속했습니다. 드리버는 열한 시 전에 플랫폼으로 돌아오겠다는 말을 하고는 역을 떠나갔지요.

그토록 오래 기다려왔던 순간이 드디어 찾아온 것입니다. 원수는 내 손 안에 있었습니다. 그들이 함께 있을 때는 서로를 보호해줄 수 있지만, 혼자라면 내 마음대로 할 수 있지요. 그렇지만, 지나치게 경솔하게 행동하지 않았습니다. 계획은 이미 세워놨습니다. 범죄자가 자신을 공격하는 사람이 누구인지 깨달을 틈이 없고, 왜 징벌이 내려지는지 모른다면 복수해도 만족할 수가 없지요. 내게 나쁜 짓을 했던 그자가, 오래전에 저지른 죄악이 징벌을 내리러 찾아왔다는 걸 알 수 있도록 계획을 세운 겁니다. 며칠 전에 브릭스턴 로에서 집을 구하러 다니던 한 신사가, 우연히 그 집 중 하나의 열쇠를 내 마차 안에 떨어뜨린 적이 있었습니다. 그날 저녁 찾아와서 돌려주었지만, 그동안에 나는 본을 떠서 복제를 하나 만들었지요. 그렇게 해서, 드디어 이 거대한 도시 안에 내가 아무런 방해 없이 쓸 수 있는 장소를 얻게 된 겁니다. 드리버를 그 집으로 어떻게 데려가느냐가 이제 풀어야할 어려운 문제였지요.

그는 걸어가면서 술집을 한두 군데 들렸고, 두 번째 집에서는 반 시간 가까이 있었습니다. 나왔을 때는 걸음걸이가 비틀거리는 걸로 보아, 분명 꽤 마신 것이 틀림없었죠. 내 앞쪽에 바로 이륜마차[84]가 있어서 그걸 부르더군요. 따라가는 동안 나는 내 말의 코끝이 그가 탄 마차의 마부와 1야드가 넘지 않도록 바짝 붙었습니다. 덜컹거리며 워털루 다리를 건너 몇 마일을 갔는데, 놀랍게도 그가 떠나온 테라스 거리로 돌아가더군요. 그곳으로 돌아간 그의 의도를 짐작할 수가 없었지만, 그 집에서 백 야드 정도 떨어진 곳에 내 마차를 몰고 가서 세웠습니다. 그는 안으로 들어갔고, 그가 타고 온 이륜마차는 가버렸습니다. 괜찮으시면, 물 한 잔 주시지요. 말을 하다 보니 입이 마르는군요."

나는 물 잔을 건넸고, 그는 단숨에 쭉 들이켰다.

"좀 낫군요."

그가 말했다.

"음, 나는 십오 분 정도 기다리고 있었는데, 갑자기 집 안에서 사

---

84 이 이륜마차는 핸섬(hansom)으로, 말 한 필이 앞에서 몰고, 마부는 마차의 끝에 높이 앉아서 말을 모는 마차이다. 1834년 Joseph Hansom이 처음 고안했다.

람들이 싸우는 것 같은 소리가 들렸습니다. 다음 순간, 문이 활짝 열리더니 두 남자가 나타났는데 한 명은 드리버였고, 다른 한 명은 전혀 본 적이 없는 젊은 녀석이었습니다. 이 친구가 드리버의 목덜미를 잡고 계단 위에서 그를 밀어제치며 발로 찼기 때문에, 도로 한가운데까지 나가 떨어졌지요. 〈개자식!〉 그는 지팡이를 흔들며 소리 질렀습니다. 〈순진한 처녀를 모욕한 죄가 뭔지 가르쳐주겠다!〉 그가 너무 화가 나 있어, 몽둥이로 드리버를 때려눕히지나 않을까 하는 생각이 들었는데, 그 겁쟁이가 비틀거리며 재빨리 도로를 따라 뛰어갔기 때문에 살 수 있었지요. 그는 길모퉁이까지 뛰어와서, 내 마차를 보고는 큰소리로 나를 부르더니 올라탔습니다. 〈할리데이즈 프라이빗 호텔로 갑시다.〉 그가 말했지요.

그가 제대로 내 마차에 들어오자, 내 심장은 기쁨으로 마구 뛰어서 이 마지막 순간에 동맥류가 잘못되는 것이 아닐까 하는 걱정이 들더군요. 어떻게 하는 것이 최선일까 마음 속으로 고민하면서 마차를 천천히 몰았습니다. 이대로 교외로 데리고 가서, 거기 어디 사람이 없는 시골길에서 마지막 대화를 나누는 것도 좋을 것 같더군요. 그렇게 하기로 거의 결정했을 때, 그가 대신해서 문제를 해결해주었습니다. 또다시 술이 마시고 싶어 견딜 수 없어진 그는 화려하게 꾸민 싸구려 술집 앞에 마차를 세우라고 했습니다. 안으로 들어가면서 기다리라고 하더군요. 그가 문 닫을 시간까지 있다가 완전히 취해서 나오는 걸 보자, 사냥감이 내 손 안에 들어왔다는 걸 알게 되었습니다.

내가 그를 무참하게 죽이려 했다고 생각하진 마십시오. 내가 그렇게 한다면 엄밀한 정의는 실현이 되겠지만, 그런 식으로 할 수는 없었습니다. 나는 오래 전부터 그가 자신의 삶을 선택할 기회를 줘야 한다고 결심하고 있었지요. 미국에서 방랑생활을 하는 동안 수많은 직업을 거쳐 왔는데, 한 번은 요크 대학 실험실에서 수위 겸 청소부를 한 적이 있었습니다. 어느 날 교수가 독극물 강의를 하면서 학생들에게 어떤 알칼로이드라고 부르는 걸 보여주었는데, 남아메리카인 독화살에서 추출한 것으로 아주 강력해서 극소량만 가지고도 즉사한다더군요. 나는 그 표본이 보관되어 있는 병을 눈여겨 보아두었다가, 모두가 나간 뒤에 조금 훔쳤습니다. 나는 조제를 꽤 잘 하기 때문에 이 알칼로이드를 작고 잘 용해되는 알약으로 만들었고, 각각의 알약을 독이 없이 비슷하게 만든 것과 함께 상자에 넣어두었지요. 나는 때가 되면 이 작자들에게 상자에서 하나를 고르도록 기회를 주고, 남은 건 내가 먹기로 결심했습니다. 그것이 손수건을 대고 총을 쏘는 것보다 더 치명적이고 소음도 아주 적은 방법이지요. 그날 이후로 나는 항상 알약이 든 상자를 지니고 다녔는데, 그걸 사용할 시간이 이제 온 것입니다.

12시가 지나고 1시에 가까운 시각, 황량하고 쓸쓸한 밤이었고, 바람은 강하게 불고 비는 폭포수처럼 쏟아졌지요. 밖은 음울했지만 마음속은 기뻤습니다. 너무 기뻐서 마음껏 환희의 함성을 지르고 싶을 정도였습니다. 신사 여러분 중 누구라도 20년이란 긴 시간 동안 갈망하고 기다려왔던 일이 갑자기 손이 닿는 곳에 나타난 적이 있다면, 내 기분을 이해할 겁니다. 신경을 안정시키려고 시가에 불을 붙여 연기를 내뿜었습니다. 하지만 손은 떨리고 관자놀이는 흥분으로 요동쳤지요. 마차를 몰고 가면서, 존 페리어 어르신과 다정한 루시가 어둠 속에서 나를 보고 미소 짓는 걸 볼 수 있었습니다. 이 방 안에서 여러분을 똑똑히 볼 수 있는 것과 마찬가지로 말입니다. 길을 가는 동안 내내, 브릭스턴 로의 그 집 앞에 마차를 세울 때까지, 그들은 말 양 편에서 앞장서서 가고 있었지요.

그곳에선 한 사람도 보이지 않았고, 비가 떨어지는 소리 외엔 아무 소리도 나지 않았습니다. 마차 창문을 들여다보니, 드리버는 술에 취해 엉망이 된 채로 잠들어 있더군요. 그의 팔을 잡고 흔들었습니다.

⟨내리십시오.⟩

내가 말했지요.

⟨알았네, 마부.⟩

그가 말했습니다.

그는 자신이 이야기했던 그 호텔에 왔다고 생각했는지, 별 말이 없이 내리더니 나를 따라서 정원으로 들어갔습니다. 그가 여전히 비틀거렸기 때문에 옆에서 단단히 붙잡고 걸어야했지요. 문 앞에 다다르자, 나는 문을 열고 그를 거실로 데려갔습니다. 분명히 말하건대, 그 아버지와 딸은 여전히 앞장서서 걸어가고 있었습니다.

⟨지옥같이 어둡군.⟩

그가 발을 쿵쿵 구르며 말했습니다.

⟨곧 불을 켜지요.⟩

나는 말을 하며, 성냥을 켜서 내가 가져온 양초에 불을 붙였습니다.

〈자, 이노크 드리버.〉

나는 그를 향해 돌아서서 내 얼굴에 빛을 비추며 말했습니다.

〈내가 누구냐?〉

그는 술에 취한 흐린 눈으로 잠시 동안 나를 뚫어지게 쳐다보더니, 두 눈에 공포가 서리며 온 몸을 떨었습니다. 나를 알아본 것이지요. 그는 얼굴이 납빛이 되어 비틀비틀 뒷걸음쳤는데, 이마에서는 땀이 쏟아져 내리는 것이 보였고 이가 딱딱 부딪쳐 소리가 나더군요. 그 광경을 보며 나는 문에 기대서서 한참동안 크게 웃었습니다. 나는 늘 복수가 달콤하리라고 생각했지만, 그때 나를 사로잡았던 영혼의 만족감까지는 기대하지 않았었지요.

〈개자식!〉 내가 말했습니다. 〈솔트레이크 시에서 상트페테르부르크까지 너를 쫓아다녔지만, 언제나 나를 피해 도망갔지. 자, 드디어 네 방랑은 끝이 났고, 너와 나 둘 중 하나는 내일 떠오르는 태양을 결코 보지 못할 것이다.〉 내가 말하고 있는 동안 그는 계속해서 뒤로 멀리 물러섰는데, 그의 얼굴을 보니 내가 미쳤다고 생각하는 것 같았습니다. 사실 그때는 그랬지요. 관자놀이의 맥박은 쇠망치로 치듯이 뛰고 있었고, 만일 코에서 피가 세차게 쏟아져 나와 긴장을 누그러뜨리지 않았더라면 발작을 일으켜 졸도했을 겁니다.

〈이제 루시 페리어에 대해 어떻게 생각하고 있느냐?〉 나는 문을 잠그고 열쇠를 그의 얼굴에 대고 흔들며 소리쳤습니다. 〈처벌이 늦게 오긴 했지만, 결국은 너를 찾아오고야 말았다.〉 내가 말하는 동안 그의 겁먹은 입술은 떨리고 있었지요. 그는 살려달라고 애걸하고 싶었지만, 소용이 없다는 걸 잘 알고 있었습니다.

〈살인을 하려는 거요?〉

그가 말을 더듬으며 말했습니다.

〈살인은 아니다.〉

내가 대답했습니다.

〈미친개를 죽이는 걸 누가 살인이라고 부르더냐? 네가 잔인하게 아버지를 죽이고 그녀를 끌고 갔을 때, 파렴치하고 저주받을 후처 자리로 그녀를 던져 넣을 때, 네가 나의 소중한 사람에게 무슨 자비라도 베풀었느냐?〉

〈그녀의 아버지를 죽인 건 내가 아니오.〉

그가 소리쳤습니다.

〈하지만 그녀의 순결한 가슴을 부숴버린 건 바로 너다.〉 나는 날카롭게 소리 지르며 상자를 그의 앞에 들이댔지요. 〈하늘의 신께 우리의 심판을 맡기도록 하지. 하나를 골라서 먹어라. 하나는 죽음이고 다른 하나는 생명이다. 나는 네가 남긴 것을 먹겠다. 이 땅 위에 정의가 존재하는지, 그저 운에 좌우되는 것인지 알아보기로 하자.〉

그는 몸을 움츠리고 거칠게 소리 지르며 자비를 구하는 기도를 했습니다. 하지만 나는 칼을 꺼내 그의 목에 들이대고 말을 듣도록 했지요. 그다음엔 내가 다른 하나를 삼켰고, 아무 말 없이 일 분여를 마주보고 서서, 누가 죽고 누가 사는지 보려고 기다렸습니다. 독이 몸에 퍼졌음을 알려주는 첫 번째 고통의 신호가 그의 얼굴에 나타났을 때, 그 모습을 어떻게 잊을 수가 있겠습니까? 나는 그걸 보고 웃으며 루시의 결혼반지를 그의 눈앞에 들이댔습니다. 하지만 그 순간은 짧게 지나갔고, 알카로이드는 빠르게 작용했지요. 한 차례의 고통으로 그의 얼굴이 일그러졌습니다. 그는 팔을 앞으로 벌리고 비틀거리더니 쉰 목소리로 비명을 지르며 바닥으로 육중하게 쓰러졌습니다. 나는 발로 그를 뒤집은 뒤, 손을 가슴에 대보았지요. 아무런 움직임이 없었습니다. 죽은 겁니다!

내 코에서 피가 쏟아져 나왔지만, 별 신경 쓰지 않았지요. 어째서 벽에 글씨를 쓰겠다는 생각이 내 머릿속에 떠올랐는지 모르겠습니다. 아마도 기분도 좋고 신이 나서, 경찰을 잘못된 방향으로 가게하려는 장난스런 생각을 한 것 같습니다. 뉴욕에서 한 독일인이 〈RACHE〉라는 글자가 적힌 채로 발견되어, 그 당시 신문에서 비밀 단체가 한 일이 틀림없다고 주장했던 사건이 기억났습니다. 뉴욕 사람들을 혼란스럽게 만들었던 일이 런던 사람들도 혼란스럽게 만들 거라 생각했고, 그래서 손가락으로 내 피를 찍어 적당한 벽에다 적었던 것이지요. 그 다음에 나는 내 마차로 걸어왔는데, 주위엔 아무도 없었고 여전히 날씨가 사나운 밤이었습니다. 마차를 몰고 어느 정도 가다가, 언제나 루시의 반지를 보관해두었던 주머니에 손을 넣어보니 반지가 없어졌더군요. 그건 내가 단 하나 가지고 있는 그녀의 기념품이었기에, 벼락을 맞은 것처럼 놀랐습니다. 드리버의 시신 위로 몸을 기울였을 때 떨어뜨렸다는 생각이 든 나는, 마차를 돌려 달려가, 거리 한쪽 편에 세워놓고 대담하게 그 집으로 향했지요. 반지를 찾기 위해서는 어떤 일이라도 할 준비가 되어 있었으니까요. 그곳에 도착해 보니, 집에서 나오는 경관에게 곧장 잡힌 꼴이 되었지요. 완전히 술에 취한 주정뱅이 연기를 해서 겨우 의심을 벗어날 수 있었습니다.

이렇게 이노크 드리버는 종말을 맞게 된 겁니다. 그 다음 내가 할 일은 스탠거슨에게도 똑 같이 해서, 존 페리어의 빚을 갚는 것이지요. 나는 할리데이즈 프라이빗 호텔에 머물고 있다는 걸 알았기에, 하루 종일 그 앞에서 서성댔는데 전혀 모습을 보이지 않더군요. 드리버가 나타나지 않자 뭔가 의심을 하고 있는 것 같았습니다. 스탠거슨, 그 자는 약삭빠른 자라서 항상 스스로 경계를 소홀히 하지 않았지요. 그는 방 안에만 있으면 나를 피할 수 있으리라 생각했지만 그건 잘못된 오해였습니다. 나는 그의 침실이 있는 창문이 어디인지 곧 알아냈고, 다음 날 아침 일찍 호텔 뒷길에 놓여있던 사다리를 이용해서, 동틀 무렵의 어둑한 틈을 타 그의 방 안으로 들어갔습니다. 나는 그 자를 깨워서 오래 전에 그가 빼앗았던 생명에 대해 대가를 치를 시간이 왔다고 말해주었지요. 그에게 드리버의 죽음에 대해 설명한 다음, 그와 똑같이 독이 든 알약을 선택을 할 기회를 주었는데, 그는 자신에게 주어진 살아날 기회를 잡는 대신에 침대에서 뛰어나와 내 목을 조르더군요. 나는 자기 방어를 위해 그의 가슴을 찔렀습니다. 어찌 되었든 결과는 같았겠지요. 그의 죄지은 손이 독이 없는 알약을 집어 드는 건 하늘의 섭리가 허락하지 않았을 테니까요.

더 이상 할 얘기도 별로 없고, 나는 기진맥진한 상태이니 이정도면 됐습니다. 미국으로 돌아갈 만큼의 돈을 모을 때까지 일을 해야겠다는 생각으로, 하루 이틀 정도 마차를 몰았지요. 마차장에 서 있는데, 누더기 옷을 입은 아이 하나가 제퍼슨 호프라는 마부가 있냐고 묻고는, 베이커 가 221B번지에 있는 신사분이 찾는다고 하더군요. 나는 아무런 의심 없이 왔고, 그 다음에 내가 아는 거라곤, 여기 있는 젊은이가 생전 처음 보는 교묘한 방법으로 내 손목에 수갑을 채웠다는 겁니다. 신사 여러분, 여기까지가 내 이야기의 전부입니다. 여러분은 나를 살인자로 여기겠지만, 내 자신은 여러분과 똑 같은 정의의 집행관이라고 생각합니다."

그 남자의 이야기에는 전율이 흘렀고, 말하는 태도가 너무도 인상적이었기 때문에 우리는 아무 말 없이 앉아 열중하고 있었다. 범죄에 대해서는 어떤 상세한 묘사에도 무감각해진 직업 형사들조차 그 남자의 이야기엔 깊은 흥미를 느끼는 것 같았다. 그가 말을 끝낸 후에도 우리는 한동안 침묵 속에 앉아 있었고, 레스트레이드가 속기록을 마무리하느라 연필로 쓰는 소리만이 정적을 깨뜨리고 있었다.

"좀 더 알고 싶은 것이 하나 있습니다."

마침내 셜록 홈즈가 말을 꺼냈다.

"내가 낸 광고를 보고 반지를 찾으러 온 동료는 누굽니까?"

사로잡힌 남자는 내 친구를 향해 익살맞게 한쪽 눈을 깜박였다.

"내 자신의 비밀이라면 말할 수 있지만,"

그가 말했다.

"다른 사람을 곤란하게 할 수는 없지요. 당신이 낸 광고를 봤는데, 계략일 수도 있고 내가 바라던 그 반지일 수도 있다고 생각했습니다. 내 친구가 자청해서 보러 간 겁니다. 그 친구가 잘 해낸 것은 당신도 인정하리라 생각합니다."

"그건 맞습니다."

홈즈는 진심으로 말했다.

"자, 여러분."

경감이 근엄하게 말했다.

"법률상의 형식은 지켜야하는 거요. 목요일에 피고는 치안판사 앞으로 불려가게 될 거고, 여러분도 출석해야하오. 그때까지 피고는 내 책임 하에 있을 거요."

그는 이렇게 말하며 벨을 울렸고, 간수 두 명이 제퍼슨 호프를 데려갔다. 내 친구와 나는 경찰서를 나와, 베이커 가로 돌아가려고 마차를 잡아탔다.

제7장
결론

우리 모두는 목요일에 판사 앞으로 출두하라는 통고를 받았다. 하지만 목요일이 되었을 땐 우리의 증언이 필요 없게 되었다. 더 높은 판관이 이 사건을 맡아 제퍼슨 호프는 그 법정으로 불려갔고, 진정한 정의가 그를 심판하게 될 것이다. 사로잡힌 바로 그날 밤 동맥류가 파열되어, 그는 다음날 아침 감방 바닥에 길게 누운 채로 발견되었는데, 죽는 순간에 자신이 살아온 삶과 훌륭하게 해낸 일을 되돌아볼 수 있었던지, 얼굴에는 평온한 미소를 띠고 있었다.

"그가 죽었으니 그렉슨과 레스트레이드가 미친 듯이 흥분하겠군."

다음날 저녁, 그 이야기를 하고 있을 때, 홈즈가 말했다.

"그들을 거창하게 광고해줄 기사가 이제 어디 있겠는가?"

"범인을 잡는데 그들이 무슨 큰 역할을 했는지 모르겠네."

내가 대답했다.

"이 세상에서 자네가 무엇을 하느냐는 중요하지 않아."

내 동료가 쓸쓸하게 말했다.

"문제는 자네가 무슨 일을 했다고 사람들에게 믿게 하는 것이지.

신경 쓰지 말게."

그는 잠시 말을 멈췄다가, 밝은 목소리로 말을 이었다.

"어떤 일이 있어도 이 사건 조사는 놓치고 싶지 않았네. 내 기억으로는 이보다 더 나은 사건은 없었으니까 말일세. 단순하기는 해도, 도움이 되는 점이 많이 있었거든."

"단순하다고!"

내가 소리쳤다.

"음, 사실 단순하다는 말 외에는 설명할 말이 없네."

셜록 홈즈는 내가 놀라는 걸 보고 미소 지었다.

"몇 가지 평범한 추리 말고는, 아무런 도움도 없이 사흘 만에 범인을 잡았다는 것이 본질적으로 단순하다는 증거가 아니겠나."

"그건 사실이네."

내가 말했다.

"이미 설명했듯이, 평범하지 않은 것은 장애물이 아니라 길잡이가 되는 경우가 많아. 이런 종류의 사건을 해결하는 데 있어서 가장 중요한 것은 역으로 추리해나가는 능력이라네. 이건 아주 유용한 재능이면서 쉬운 것인데도, 사람들은 별로 활용하려하지 않거든. 일상생활에 있어서는 순차적으로 추리하는 것이 더 쓸모 있으니까, 다른 건 무시하게 되는 걸세. 종합적으로 추리할 수 있는 사람이 오십 명이라면 분석적으로 추리할 수 있는 사람은 한 명이지."

"솔직하게 말하자면,"

내가 말했다.

"나는 무슨 얘긴지 잘 모르겠네."

"자네가 잘 모를 것 같더군. 좀 더 이해하기 쉽게 설명해보겠네. 사건을 순차적으로 설명해주면 대부분의 사람들은 그 결과가 어떻게 될지 알 수 있지. 일어난 사건들을 마음속에 넣어두고, 그 안에서 어떤 결론을 끌어낼 지 생각하는 거야. 하지만 어떤 결과를 말해준 다음, 그 결과를 끌어낸 과정이 무엇이었는지 마음속으로 생각해서 도출할 수 있는 사람을 찾기는 아주 힘들어. 이 능력이 바로 내가 말하는 역추리, 또는 분석적 추리인 것이지."

"알겠네."

내가 말했다.

"이 사건이 그런 경우인 걸세. 결과가 주어지고, 나머지 모든 것은 직접 찾아내야 하는 것이지. 이제 내가 추리한 여러 단계를 알려주도록 하겠네. 처음부터 시작해볼까. 자네도 알다시피, 나는 그 집에 걸어서 들어갔네. 모든 선입견을 내 마음 속에서 완전히 털어내고 말이야. 자연스레 나는 차도부터 조사를 했고, 이미 자네에게 설명했듯이, 거기에서 선명한 마차 바퀴를 보았지. 조사를 통해 확인한 결과 그것은 밤 동안에 생긴 자국이 틀림없었네. 두 바퀴 사이의 폭이 좁은 것으로 보아 개인용 마차가 아니라 승합마차라는 걸 알고 나는 흡족한 기분이 들더군. 일반적인 런던의 사륜마차는 신사들이 타는 사륜마차보다 폭이 꽤 좁다네.

이것이 첫 번째로 얻은 단서일세. 그 다음에 나는 정원길을 따라 천천히 걸어갔는데, 우연히도 그 길은 흔적이 특히 잘 남는 점토질로 되어 있었네. 분명 자네에게는 마구 짓밟힌 진창길에 지나지 않았겠지만, 내 훈련된 눈으로 보면 흙 표면에 남은 모든 자국이 의미가 있는 것이지. 탐정 과학 분야에서 발자국을 추적하는 기술처럼 아주 중요하면서도 등한시되는 건 없다네. 다행히도 나는 항상 거기에 중점을 두어왔고, 많은 훈련을 해서 나에겐 두 번째 천성이 되었지. 나는 경관들의 수많은 발자국을 보았지만, 정원을 처음 지나간 두 남자의 발자국도 역시 보았네. 그들이 다른 사람보다 먼저 왔다는 걸 구분하는 건 쉬운 일이었어. 나중에 온 사람들이 그 위를 밟아서 완전히 지워진 곳이 있었기 때문이지. 이렇게 두 번째 연결 고리는 완성되었네. 밤에 찾아온 손님은 두 사람이고, 한 사람은 키가 눈에 띄게 컸으며(보폭의 길이를 보고 계산한 것임), 다른 사람은 작고 세련된 구두 자국으로 판단해 볼 때, 최신 유행대로 차려입은 사람이었지.

집에 들어가자, 이 추리가 옳다는 걸 확인했네. 좋은 구두를 신은 남자가 내 앞에 누워있었지. 그러면, 키 큰 남자가 살인자가 되는 걸세. 그곳에서 살인이 있었다면 말이야. 죽은 남자의 몸에는 상처가 없었지만, 그의 얼굴에 몹시 동요한 표정이 나타난 것으로 볼 때, 죽음이 오기 전에 자신의 운명을 미리 안 것이 틀림없었네. 심장병으로 죽거나 갑작스레 자연사한 사람은, 어떤 경우에도 그런 동요된 표정이 나타나지 않아. 죽은 남자의 입술에 코를 대고 맡아보니 약간 시큼한 냄새가 났기에, 나는 그가 강제로 독을 먹은 거라는 결론에 이르렀네. 그의 얼굴에 나타난 증오와 공포의 표정이 강제라는 걸 다시 한 번 입증해주었지. 소거법을 이용해 이러한 결론에 도달했는데, 다른 어떤 가설도 사실과 부합하지 않았네. 이런 얘기는 금시초문이라고 생각하지는 말게나. 강제로 독을 투여하는 건 범죄의 역사에서 전혀 새로운 사실이 아니야. 오데사[85]의 돌스키 사건과 몽펠리에[86]의 르뛰리에 사건은 독물학자라면 잘 알고 있는 일이라네.

그러면 이제 이유가 무엇이냐는 커다란 의문에 이르게 되네. 아무 것도 가져간 것이 없으니 강도 행위가 살인의 목적은 아닐세. 그러면 정치나 여자문제일까? 그것이 내가 직면한 문제였지. 나는 전자보다는 후자 쪽 가설에 끌렸네. 정치적인 암살자라면 자신의 일을 끝내는 걸로 만족하고 도망가 버리지. 이 살인사건에선 그와 반대로 아주 유유히 일을 저질렀고, 범행을 저지른 자는 방 안 전체에 자신의 흔적을 남겼네. 그건 살인범이 계속해서 현장에 머물렀다는 걸 보여주는 걸세. 이런 계획적인 복수는 정치적인 것이 아니라 개인적인 원한이 틀림없다네. 벽에서 글씨가 발견되었을 때, 나는 내 견해가 옳다는 쪽으로 더욱 기울어졌지. 그건 눈가림이란 게 너무도 명백했어. 그런데, 반지가 발견되자 의문이 모두 풀리고 말았네. 분명 살인범은 죽었거나 사라진 여자를 희생자에게 상기시키기 위해 그 반지를 이용한 것일세. 그렉슨에게 클리블랜드로 전보를 칠 때, 드리버 씨의 예전 경력에 특별한 점이 있는지 문의했냐고 한 것은 바로 이 때문이었네. 자네도 기억하겠지만, 그는 아니라고 대답을 했지.

그 다음에 나는 신중하게 방을 조사하면서, 살인범의 키에 대한 내 견해가 옳다는 걸 확인했고, 트리치노폴리 시가와 손톱의 길이 등 부수적인 정보도 얻었다네. 격투의 흔적이 없었기 때문에, 바닥

---

85 Odessa : 우크라이나 남부에 있는 항구 도시.

86 Montpellier : 프랑스에 있는 도시. 몽펠리에 대학, 생피에르 대성당, 베네딕트 수도원 등이 유명하다.

을 덮은 피는 살인범이 흥분해서 나온 코피라고 나는 이미 결론을 내리고 있었어. 그 핏자국은 그의 발자국이 지나간 자리와 일치하고 있었거든. 아주 다혈질이 아니라면, 그렇게 흥분해서 코피를 쏟아내는 사람은 거의 드물지. 그래서 나는 범인이 아마도 강건하고 불그스름한 얼굴을 가진 남자일 거라고 예상을 한 번 해본 걸세. 결과는 내 판단이 옳았다고 증명해주었지.

그 집을 나온 후, 나는 그렉슨이 소홀히 했던 일을 진행했네. 클리블랜드의 경찰서장에게 전보를 쳐서 이노크 드리버의 결혼과 관련된 상황에 국한해서 조사를 해달라고 했네. 그 대답은 결정적이었지. 드리버는 이미 예전의 연적, 제퍼슨 호프라는 사람으로부터 보호해달라고 요청을 한 적이 있고, 그 호프는 현재 유럽에 있다는 이야기였네. 이제 수수께끼를 푸는 열쇠를 손에 쥐었으니 내게 남은 일은 살인범을 붙잡는 것이지.

나는 이미 드리버와 함께 집안으로 걸어 들어간 사람은 마차를 몰고 온 사람과 다를 수가 없다고 마음속으로 결론을 내리고 있었네. 도로에 있던 흔적은 말이 어느 정도 돌아다니고 있었다는 걸 보여주는데, 누군가가 곁에 있었다면 그건 불가능한 일이지. 그러면, 마부가 갈 곳이 그 집 안이 아니면 어디겠는가? 또한, 실성한 사람이 아니고서야 바라보는 눈이 있는 곳에서, 비밀을 누설할 것이 분명한 제 삼자 앞에서 고의적인 살인을 저지를 수가 있겠는가. 너무도 터무니없는 가정이지. 마지막으로, 누군가 런던에서 다른 사람을 따라다니고자 한다면 승합마차 마부를 하는 것보다 나은 것이 있겠는가? 이 모든 것을 숙고해보니 제퍼슨 호프가 대도시의 이륜마차 마부로 있다는 확고한 결론에 이르게 되었네.

그가 마부일을 했었다면, 그 일을 그만뒀다고 믿을 만한 하등의 이유가 없었지. 오히려 그의 입장에서는 갑작스레 직업을 바꾸는 건 주의를 끄는 일인거야. 적어도 당분간은 자신의 일을 계속하려고 했네. 그가 가명을 쓰고 있다고 생각할 이유도 없었네. 본래 이름을 아는 사람이 아무도 없는 나라에서 이름을 바꿀 필요가 있을까? 그런 까닭에, 나는 거리 부랑아 탐정단을 조직해서 체계적으로 런던에 있는 모든 승합마차 경영주에게 보냈고, 그 결과 내가 원하는 남자를 찾을 수 있었네. 그들이 얼마나 잘해냈는지, 내가 얼마나 민첩하게 활용했는지는 자네 기억에 아직도 생생할 걸세. 스탠거슨이 살해당한 것은 전혀 예상하지 않았던 사건이지만, 어쨌든 간에 도저히 막을 수 없는 일이었네. 자네도 알다시피, 그 사건을 통해서 나는 그런 것이 있으리라 이미 내가 예상하고 있던 알약을 손에 넣을 수 있었지. 자, 모든 것이 막힘이나 결함이 없는 논리적 연쇄의 고리라네."

"훌륭하군!"

내가 소리쳤다.

"자네의 공로를 대중이 알아야만 하네. 이 사건에 대한 기사를 발표하게나. 자네가 하지 않는다면 내가 대신 하겠네."

"의사 선생, 그건 자네 마음대로 하게나."

그가 대답했다.

"이걸 보게!"

그는 신문을 내게 건네주며 말을 이었다.

"이쪽이네!"

그날의 《에코》지였는데, 그가 가리킨 사설은 문제의 그 사건을 다루고 있었다. 내용은 다음과 같았다.

〈이노크 드리버 씨와 조셉 스탠거슨을 살해한 용의자, 호프가 갑작스 레 사망하자, 떠들썩하던 대중의 관심은 사라져버렸다. 이제 사건의 세부 내용은 절대 밝혀지지 않을 듯하지만, 권위 있는 소식통에 의하면 이 범 죄사건은 연인과 모르몬교로부터 시작된 오래된 애정분쟁 때문에 벌어 진 결과라고 했다. 피해자 두 사람은 모두 젊은 시절에 후기성도였던 것 으로 보이며, 죽은 피고인 호프도 역시 솔트레이크 시 출신이다. 사건은 별다른 영향을 주지 못했지만, 적어도 우리 경찰 수사의 능력을 가장 인 상적인 방식으로 세상에 드러냈다고 할 수 있으며, 모든 외국인들에게는 자신의 원한은 슬기롭게 자신의 나라에서 해결하고 영국 땅에는 가져오 지 말라는 교훈이 될 것이다. 범인을 신속하게 체포한 공로는 런던 경찰 청의 유명한 레스트레이드 씨와 그렉슨 씨에게 있다는 건 공공연한 비밀 이다. 용의자가 체포된 곳은 셜록 홈즈 씨라는 사람의 방 안이라고 하는 데, 그는 아마추어로서 탐정 쪽에 어느 정도 재능을 보이고 있으며, 그 두 사람의 지도를 받는다면 장래에 그와 같은 수준의 실력을 갖추게 되리라 기대된다. 두 형사에게는 공로를 인정해 표창장을 수여하게 될 것이다.〉

"내가 처음에 그렇게 말했지 않은가?"

셜록 홈즈는 웃음을 터뜨리며 큰 소리로 말했다.

"그것이 우리 주홍색 연구의 결과일세. 그들이 표창장을 받게 해 주는 것이지!"

"신경 쓰지 말게."

내가 대답했다.

"내 일기에 모든 사실을 적었으니, 대중들이 그 모든 것을 알게 될 걸세. 그동안에는 성공했다는 자부심만으로 만족해야겠지. 로마의 수전노처럼 말일세—.

사람들은 나를 비웃지만, 나는 내 집에서 궤짝 속에 든 돈을 지긋이 바라보며 스스로 갈채를 보내노라."[87]

---

87 Populus me sibilat, at mihi plaudo / Ipse domi simul ac nummos contemplar in arca. 고대 로마의 시인 호라티우스 (Quintus Horatius Flaccus, 기원전65-기원전8)의 말. 《서정시집》, 《시론》 등의 작품을 썼다. (라틴어 번역은 김주일 박사(고대서양철학 전공)의 도움을 받았습니다.)

주홍색 연구

초판 1쇄 인쇄 2011년 11월 10일
초판 1쇄 발행 2011년 11월 14일

지은이 아서 코난 도일
옮긴이 강의선
편집인 신현부
발행인 모지희
발행처 부북스

주소 100-835 서울시 중구 신당2동 432-1628
전화 02-2235-6041
팩스 02-2253-6042
이메일 boobooks@naver.com

ISBN 978-89-93785-27-2   04080